搶救野鳥的夏天

Here in the Real World

SARA PENNYPACKER

莎拉·潘尼帕克

蘇雅薇 譯

獻給我的女兒希拉蕊
謝謝妳把這本書留在現實世界

目次

導讀　傾聽《搶救野鳥的夏天》　杜明城　7
搶救野鳥的夏天　11

導讀

傾聽《搶救野鳥的夏天》

文／杜明城（前國立台東大學兒童文學研究所教授）

精采的小說有兩種，有的情節引人入勝，高潮迭起，一卷在手，讀來一鼓作氣，我們期待著故事的結局，不管是否出人意表。有的則措辭溫婉，娓娓道來，有待細細咀嚼方能體察真味，在閱讀的過程中享受、編織作者提供的種種細節。《搶救野鳥的夏天》屬於後者，一旦我們設法融入主角的內心世界，就不自覺的驚訝作家莎拉．潘尼帕克筆法之細膩，議題呈現之精妙，以及思想之凝鍊。

拿里是個未滿十二歲的獨生子，素來在自己的想像國度裡構築中世紀城堡與騎士精神的時代。忙碌的父親話題不脫各種運動競賽，母親幹練果斷，鎮日忙於處理社會工作問題，對於他們耽於獨處而不愛融入群體的孩子頗為憂心。個性灑脫的外婆摔傷住院，父母決定把孩子安頓到夏令營，固然是工作現實的考量，也期望藉此讓他建立更「正常」的社會交往。拿里不甘願的來到夏令營，邂逅了具有高度生態意識且富於行動力的女孩喬琳。兩位性情不同且活在主流價值之外的孩子很快就投契起來，他們建造「護城河」，堆肥種植木瓜樹。從小也被視為異類的藝術家舅舅，送他一部攝影機，記錄下他們改造環境的點點滴滴。稍微年長的艾希莉是腳踏實地的野鳥保護者，加入了拿里以俠義精神體現在生態整建的行列。他們的影片被環保團體看見了，無意間拍到的保育類動物，讓以商業利益掛帥的都市更新計畫擱置下來。

作者經營的筆法是非常現代主義式的，擅長以細節、動作和簡單的對話推動情節，完全由故事中的角色表現。故事穿插的人物有希臘市場賣水果的太太、醫院的看護、酒吧的經理，這些角色構成了故事的日常性。拿里經常陷入「裡面」／「外面」的困惑，這不僅是內心與外在是否一致的質疑，也是自我與團體的衝突。事實上，拿里並不覺得自己與他人格格不入，只是在獨處時更感到自在。相較於照表操課的夏令營，與外在世界的連結無疑才是真實的。獨處（solitude）與孤單（loneliness）是截然不同的兩回事，後者令人渴求加入群體，前者則提供了豐富的內在經驗。愛護兒子的父母顯然看不透這一層，善於為人排難解困的媽媽，把不凡的兒子以常態的尺碼衡量，實在是莫大的反諷。拿里的舅舅說他具有藝術家的氣質，情感細膩，才能感動，也才能跨時空想像。

或許正如某些哲學家的主張，孩童比大人更富於玄學思考。「萬物過去都是別的東西，未來也會成為別的東西。有時候如果你仔細看，就能看到一樣東西的整個故事」、「我不是希望東西能神奇變成不同的樣子，而是變成他們能夠成為的樣子。」萬物生生不息，不會消滅，但也不會回到原初。孩童們肯定沒讀過盧克萊修（Lucretius）的《物性論》，但這番談話呼應了這部偉大哲學詩篇的要旨。舅舅與拿里的對話，「你永遠不知道誰會看到你的作品，也無法預測他們會怎麼反應……」「不然是為什麼？」「因為這作品必須拍出來，而你要負責操刀。」這是「為而不有」的生命哲學，的確，事物的生成不會配合人們主觀的意願，但「知其不可為而為」，意志的作用卻可能帶來事物的變化。

《搶救野鳥的夏天》是一部踩著優雅節奏譜出的作品，如果我們能細細聆聽……

1

拿里拍拍泳池畔疊在他旁邊的兩塊磚頭。今早他閒晃時找到的，明天他會敲碎磚頭，拿來建他的城堡城牆，不過，今晚磚頭有別的用途。

暮光下，池水呈現碧綠色。他在水中擺動雙腿，等到準七點五十六分，他戴上泳鏡，拉緊綁帶。「男孩開始為大事準備。」他悄聲唸旁白，以防有人的窗戶開著，或者雙胞胎國王在附近徘徊。

雙胞胎國王不是雙胞胎，只是兩名老人，穿戴相似的方格短褲和漁夫帽。他們也不是國王，卻總像皇室暴君在日落棕櫚養老村大搖大擺走動，害他們碰到的每個人都苦不堪言。

拿里的學校教過中古世紀。那個年代，國王可能良善睿智，也可能殘酷瘋狂，一切都看運氣：不管是農奴還是騎士都得接受。

拿里第一次碰到雙胞胎國王時，他臉貼地趴在草地上，看一排螞蟻很有耐心的爬上、橫越、爬下石頭，心想如果人類不知道可以繞過一些障礙，人生會多難過。他們替他取綽號叫「太空人」，聲稱得叫他三次，他才抬頭。

現在每次他們找到他，都會說一些自認好笑的幽默話，然後笑得彎腰，抓住膝蓋。然而他們的評論並不好笑，只是很刻薄。

其實也沒關係：大家都會取笑他放空，他早習慣了。

不，他難為情是因為大人物走出來，只瞪一眼，兩個國王就默默溜走了。十一歲半的男生應該要保護外婆，不是倒過來。

「喔，他們傷不了人啦。」昨晚大人物笑著說，害他覺得更丟臉。「他們怕死細菌了，所以你說你生病就好，說拉肚子最有效。」

想到他們似乎召喚了本人，雙胞胎國王繞過轉角，雙手捧著高貴的肚子。「地球呼叫太空人！」矮的那位嘎嘎笑道，「別讓下面的排水溝夾住你的空氣管！」

拿里回頭瞥向外婆的房間，再面對他們。「你們最好離我遠一點，我生病了。」他壓著肚子，很逼真的呻吟。雙胞胎國王趕忙小跑步繞回轉角。

拿里再次抬起眼看向時鐘：七點五十八分。他在池中配合秒數踢水。等到七點五十九分，他拿起磚頭，慢慢讓肺部吸滿防晒油香的空氣，又熱又甜，彷彿有人在附近烤椰子。然後他滑進泳池深的那端。磚頭似乎重了一倍，帶他輕輕沉到池底。

他沒有到過池底，因為他身上的一些贅肉形同是自體漂浮裝置。「嬰兒肥，」媽媽這麼說：「以後會變成肌肉。」每天在外婆的鏡子裡看自己穿泳衣的身子，他發現媽媽省略了一項重要的細節：怎麼樣才會變成肌肉？大概跟運動有關。或許明天再說吧。

拿里找到四棵巨大椰棗樹的位置，每棵分別穩穩長在泳池一角。厚實的樹幹在水波中搖晃，像活生生的怪獸石雕。

一到八點，纏繞在樹幹上的閃燈就會亮起，今晚他要從池底欣賞。好吧，他的大事並不是什麼光彩奪目的奇景，但他發現隔水看萬物有趣多了。東西會神祕的變形，但不知為何也比較清晰。他可以閉氣超過一分鐘，有充足的時間讚嘆水的特效。

然而五秒後，意外發生了。椰棗樹窄長的葉子開始閃起紅色。

拿里馬上懂了：救護車。他住在日落棕櫚村這幾週，閃爍的紅燈已經吵醒他三次，但在養老村並不意外。他知道整套程序：救護車會在入口關掉警笛，沒必要造成更多人心臟病發。車子會停在樓房之間，接著救護人員會跑到泳池邊，因為房間這側是滑門，比較容易推擔架進去，扛人出來。

別害怕。如同前幾次，他在腦中對躺在擔架上的人說話。在他眼中，害怕的人就像生蛋，沒有殼搖來晃去。光想到有人害怕，就令他痛苦。

他看椰棗樹閃爍，轉念去想快樂的感覺。快樂可能偷偷襲來，例如爸媽暑假送你去跟外婆住，你知道你一定會恨死那裡，沒想到一去卻愛上了，因為生平第一次，你有好長的時間優游獨處。好吧，或許那兩個無害到怕細菌的老人除外。

一隻白鷺滑過轉紫的天空，牠白皙優雅，宛如肥皂刻出來的。電影中，鳥兒獨自飛過會讓你知道主角要踏上旅途了。拿里希望能跟別人分享這一刻，每次看到美好的事物，他總會許這個願望。你看到了嗎？哇。可是這裡他只認識外婆，她今天不太舒服，幾乎沒踏出——

拿里放開磚頭，竄出水面，猛然摘下泳鏡，看到大人物房間的玻璃滑門驚呼般大開，裡面有兩名救護人員，俯身在擔架上。

第三名救護人員瞇眼看向泳池，白色大衣在燈光中閃著粉色，彷彿她的心跳是霓虹燈。四號房的薩爾太太緊貼在她身後，抓緊胸口的浴袍，揪著臉。她舉起瘦骨如柴的手臂，像拿著步槍，手指直直指向拿里。

拿里撲向梯子，拍掉左耳和右耳的水。他手忙腳亂爬上岸時聽到，「那是她孫子，活在他自己的世界。」

八點整，閃燈亮了起來。

2

拿里醒來，有些錯亂，接著發現他躺在自己床上，不是外婆房間刺刺的沙發。昨晚發生的事一擁而上：他搭上薩爾太太老舊的別克轎車，陰鬱沉默的跟著救護車前往醫院；進到放冷氣的候診室，他因為渾身溼透又擔心，不斷發抖，直到護理師在他肩上鋪了毯子；幾小時後，媽媽大步衝進來，牙關像石頭咬死。他掀開棉被下床。

走下半層樓梯，他聽到爸媽在廚房說話。

他聽到爸爸說：「只是妳不想這麼做。」

「我知道，我知道。」媽媽說：「我只是希望……」

拿里快步跑下剩餘的樓梯。「媽，妳希望什麼？大人物沒事吧？」

爸爸從流理台滑下來。「你還好嗎？昨天晚上夠嗆了。」

「媽，大人物怎麼樣？」

媽媽回答：「她醒了。」她低頭看著咖啡。「她不會有事。」

「喔，太好了。那我什麼時候回去？」

「回去？」

這時媽媽的手機響了。她接起來，另一手撫著額頭，好像擔心頭要碎掉。她大步走進臥房。

爸爸一臉擔心，看她離開。

當然，擔心是爸爸的常態。「工作使然啦。」他經常這麼說，總是聽起來很驕傲。為了指引飛機降落在跑道，他必須思考各種可能的災難。

然而拿里也開始擔心了。媽媽是城裡急難中心的經理，要同時管理二十名志工的時間，說服想跳橋自殺的人下來，還要接生寶寶。她握有掌控權，彷彿掌控權是放在門口的包裹，上頭寫著她的名字。她不會撫著額頭，好像擔心頭要碎掉。

「爸，媽媽說了，大人物沒事。她什麼時候出院？」

「這個嘛，她沒事，只是昨天血糖掉太低。她生病還這樣不太妙，他們必須——」

「生病？大人物生病了嗎？」

「喔。這個嘛，她……她不年輕了。但她跌倒，這——」

「變老是一種病？」

「她跌倒才是問題，醫生需要確保她沒事。」

「喔，好，很好。所以計畫呢？」

「計畫？」

「我在那邊過暑假，你跟媽媽才能上兩輪班，買下這棟房子。那個計畫。」

爸爸附和說：「喔。這個嘛，那是計畫A。」他從流理台拿起一張暑期活動的傳單。「計畫B可能有點不同。」

3

拿里站在廚房門口，額頭抵著門扇，盤算他的論點。

他可以獨自待在家，所以如果他們打算再送他去暑期活動，別想了，他絕對不需要去。暑期活動只是托兒所的另一個名稱，還免費贈送熱疹和羞辱。

他第一次參加暑期活動是一年級結束的暑假，那段記憶至今仍令他心痛。當時一位少年輔導員催促他，「去加入其他人呀。」

他困惑的說：「有啊，我跟其他人在一起。」

「不，我是說加入團體『裡面』。你在『外面』。」

拿里觀察周遭，試圖理解輔導員的觀點。他看到的不一樣，他看到一大塊空間，小孩四散各處。「如果講的是人，『外面』也是『裡面』的一部分。」他試著解釋，但輔導員靠向另一位輔導員笑了。他感到臉頰發燙。

他習慣與周遭狀況保持足夠距離，好從旁觀察，後來他會形容像是從城堡的瞭望塔往外看。然而那一刻，他發現他向來覺得很對的位置，原來是錯的。

事後，拿里試著忘記這起尷尬的事件。他這才學到記憶殘酷的諷刺之處：你有辦法忘記事情（拿里六歲時，經常忘記梳頭髮，或帶午餐盒回家），然而你愈努力想抹除腦中某件事，事情反而會刻得更深。

其他小孩也沒忘記。每年夏天，「外面」的標籤都貼在他身上，隱形卻無法否認，就像臭味。他們也真的把他拋在「外面」。

他不介意，不過從此以後，他確保只要大人在看，他就會裝作融入團體。其實不難，對大人來說，「融入」只是地理位置，通常往某個方向移動幾步就行了。

不管了，他不要去，即使只是回日落棕櫚村前的一、兩週。

他在那兒真的很快樂。池水只比他的頭稍微高一點，池子窄到幾乎能同時碰到兩面牆，可是一旦滑進水中，他總是感到很舒服，非常舒服。這似乎也成了想像力的肥料，他漂在池中的期間，想到數十個很棒的點子。數百個。

更棒的是，當他跟外婆說明他的報告「防衛中世紀城堡」，並提到他想搭建真的模型，親眼看看騎士的生活，她的反應嚇了他一跳。她揮揮雙手，指向她的餐桌說：「你就在這兒搭建模型吧，我們改到流理台吃飯，就這樣。」

他在日落棕櫚村可以花美好的一天探索社區，尋找模型需要的材料，再花整個晚上快樂的做模型。當然，他有點想家，但他體內一直緊揪起來的什麼東西鬆了開來。

他踏進後院尋找目標，好說服爸媽他能忙上一、兩週。院子似乎聳肩向他道歉。「男孩審視荒地。」他唸起旁白，當然沒有出聲。

說「荒地」有點誇張，但也差不多了。雪帕先生不是會花錢維護院子的房東，他的爸媽也不是會花時間整頓草皮的父母，所以院子一片荒蕪。十年前，前任房客搬走時，留下塞滿雜物的老舊小屋。除此之外，後院只有幾張生銹的躺椅，以及一張搖晃的野餐桌，兩者似乎都在掙扎呼吸最後一口氣，快給雜草淹沒了。他重複一次，「荒地。」

他突然意識到，這個狀況非常完美。

他跳下階梯。即使沒有泳池助長想像力，他腦中也冒出其讚無比的點子。等暑假結束，爸媽買下房子，後院也會是他們的。他可以拆解躺椅來做盔甲，小屋可以當作覲見室，野餐桌鋸掉桌腳，可以作為吊橋。他會把狹窄的側院改造成甕城，放滿致命障礙，當作抵禦敵人的內院。當然他不會用滾燙的油，不過一定要有投石器。他會替木籬笆嵌上支撐塊，一路跳著跑上頂端：正式說法叫攻上城牆。最後這個畫面大快人心，他在腦中重播一次，這回擺出經典的騎士站姿：抬高下巴，挺起胸膛，勇敢前進。

拿里癱在野餐桌旁，伸展身子。有時他希望他活在中世紀，當時生活簡單多了。騎士生活更是簡單，他們有一本涵蓋一切的規範，叫作騎士精神準則：汝應永遠這麼做，汝千萬不該那麼做。如果你是騎士，你很清楚自己站的立場。

大多數時候，拿里甚至不確定他真的站著。其實有時他覺得自己在飄，有點隨風擺盪。

媽媽就像騎士，也依照清楚的準則行事，而且總是想跟他分享。「如果沒有超前三步部署，」例如她會說：「你就落後四步了。」問題是，拿里完全不知道怎麼解開她像謎題的建議。

爸爸也奉行一套準則，內容都是運動用語，同樣無法解讀。

「拿里！」這時爸爸從後門大叫。

從他惱怒的口氣判斷，拿里知道他已經叫了幾次。他跳起來。「抱歉，怎麼樣？」

「進來，小隊圍圈時間。」

4

拿里的媽媽坐在餐桌旁，仍抓著手機。

「怎麼了？」

爸爸坐下來，拍拍兩人之間的椅子。

拿里繼續站著。「出什麼事了？」

「外婆跌倒的時候臀骨骨折了，兩邊都是！」媽媽的聲音非常輕快堅決，但音調拔高到奇怪的新高度。「這下得換掉才行。」

「換掉？」他腦中浮現換掉東西的畫面，對他毫無幫助。電池、燈泡、牙刷。臀骨顯得格格不入。

「人工關節，手術，小孩子不用擔心。」媽媽笑得燦爛，但她飛快眨眼。

拿里感到世界崩解了一些，彷彿世界突然記起核心是空的。媽媽要哭了嗎？她眨動的眼睛似乎讓爸爸跟拿里一樣震驚。他接話說下去。「髖關節置換是很常見的手術，你外婆也很強悍。」

很強悍，拿里聽到差點笑了。大人物總是問尖銳的問題，並指望得到答案，媽媽會替她解釋說「她很直接」。他們通常過節會去看她，而她總是搞得像在規畫軍事行動，連感恩節火雞似乎都在她經過時敬禮。其實拿里一直有點怕她。然而跟她一起住之後，他體驗到她強悍個性的好處。她不是拿來對付他，而是當作盾牌護著他，就像她對付雙胞胎國王那樣。

他說：「我會幫她，下禮拜回去後，我會替她做事。」

爸爸搖搖頭。「同時置換兩邊髖關節要復健更久，她有一陣子不能回家了，大概今年夏天都不行。也就是說……」

拿里的媽媽坐直身子。「別擔心，拿里，我把你的暑假都規畫好了。」

規畫時程總帶給她充滿活力的喜悅，拿里看她表情亮了起來。他試著說：

「媽，拜託，不要。」時程表害他覺得宛如陷進一桶柏油。

「我上班路上送你去社區中心，你搭三點四十五分的公車回家。我們會幫你帶午餐，才不要付錢買他們準備的垃圾。至於週末……」

他頭上的燈似乎暗了下來。顯然市政府毀掉平日還不滿意，居然還有週末暑期活動。名稱叫「週末毀了活動」還比較貼切。他勉強從柏油桶咯咯咯叫出聲時，媽媽正在解釋晚餐的安排。「不要！」

「嗯？不要什麼？」

「去暑期活動，我想待在家。瓦雄到八月都在，蜜凱拉也——」

「拿里，你要去。好，大部分晚上，我們都會在值班之間回來吃晚餐，但是——」

「我夠大了，可以——」

「你要去暑期活動。好，出門前要搽防晒油，至少要防晒係數八十，低敏感的。我會買一盒，記得耳朵尖端也要搽。多喝水。好，等到七月中……」

拿里看向爸爸。通常媽媽說了就算，但有時候……爸爸的嘴巴張開，一臉崇拜。即使結婚十五年，他太太能立即行動的樣子仍深深打動他的心。

「爸，拜託。我十一歲半了，沒有人這麼大還去。」

爸爸硬把目光扯過來，專注在拿里身上。「我們會補償你。新的腳踏車如何？籃球框？你想要什麼都可以。好，你要帶我的大急救箱——」

「我『想要』不去暑期活動，可以嗎？」拿里試著掩飾他多驚訝自己說了這句話。他的皮膚感覺繃得太緊，好像不適合離家短短三週就變得大膽的自己。

媽媽看來也頗驚訝。她張開嘴，卻說不出話。發現身體這樣背叛她，似乎令她更困惑了。

拿里看她走到水槽，弄溼海綿，開始用力擦拭流理台。然後她停下來，頭靠著冰箱側面。媽媽身為急難中心的經理，連小嬰兒和想跳橋自殺的人都聽她的，但現在拿里看她背部起伏，知道她很難命令空氣進出肺部。眼前的景象讓拿里的胸口也發疼。

他站起來，伸出雙臂摟住她的腰。她歪過頭，俯瞰他好一陣子。

她總是把頭髮捲成扎實的髮髻，但現在髮絲散落下來，有一縷垂吊在烤麵包機上方。烤麵包機沒有開，媽媽的頭髮當然也不是金屬，但拿里遺傳了爸爸愛擔心的個性。那塊溼海綿……

他偷偷伸出手，拔掉插頭。

媽媽朝他露出困惑的表情，彷彿努力想認出他是誰。然後她笑了，好像可能記起來了。「你……」她輕柔的語調充滿同情，以至於短短一秒間，拿里心中湧起希望。

「我很抱歉。」她嘆氣說：「但同時要確保你外婆沒事，又要值兩輪班，我們沒辦法還要擔心你整天一個人。」

爸爸補上一句，「擔心你的安危。」

「我們必須知道你在……」媽媽拿起暑期活動傳單，查看上頭的內容。「花時間跟其他孩子進行有意義的社交互動。」她把傳單夾到冰箱上，「喀」的一聲，聽起來是最終決定了。「去準備吧。」

5

開到社區中心的整段路上，拿里一個字都沒說。

多年來，他爭辯這件事太多次了：他在學校有很多有意義的社交互動，多到不行。他有朋友，瓦雄和蜜凱拉。順道一提，為什麼她總是一副兩個朋友不夠的樣子？

但有時候他想要一個人待著，有時候他「需要」一個人。如果這樣的兒子令人失望，好吧，他的爸媽難道不能接受自己運氣不好，生了令人失望的兒子？

可是現在站在報到台前，拿里希望當初他有稍微努力反抗。應該說非常努力。其實他希望剛才打開車門滾出去，當然車速要很慢，而且是滾到柔軟的草地。他在電影裡看過小孩這樣做，最後她摔斷手臂，但確實吸引到媽媽的注意。

暑期活動負責人桑切斯小姐看來總是一臉疲累，拿里突然覺得跟她一樣累。她開始背誦規則。「若有物品損失，社區中心一概不負責；工作人員不會替學童施打藥物……」

他聽這些規則聽了五個暑假。拿里開始放空，掃視房間。什麼都沒變。水泥牆上斑駁的油漆與OK繃同色，牆上依然掛著翹起來的海報：「拯救生命：學習哈姆立克急救法！」；「認識佛州的毒蛇」；說來奇怪，還有一張是「如何沖泡完美的咖啡」。

地上仍留著以前籃球場的標線，其中一面牆也還掛著球框。不過有個肌肉強健的小孩拿籃球砸穿高側窗後，籃球早就統統換成威浮球了。現在還能從窗戶下方的地板撿出玻璃碎片。

社區中心後方是藝術小屋。這個名字雙重錯誤，因為那兒不是小屋，進行的活動也與藝術差了十萬八千里。畢竟藝術應該是自己創作，不是「描下手的輪廓，加一個紅色三角形」。

社區中心的聲音也跟記憶中一樣：小孩子尖聲吼叫，確立當天的盟友或對戰關係。

他最感到洩氣的是空氣聞起來也完全一樣：腳臭、消毒液，還有隱晦但揮之不去的嘔吐味。他可以想像一群小小孩在滾燙的佛州太陽下跑步後，跌跌撞撞跑進來，臉紅得像番茄，把午餐吐了一地。拿里也做過同樣的事。回想起過去，他感到早餐在胃裡威脅般晃動。

他今年屬於十一歲組，他只看到三個跟他同年的孩子，兩個男生，一個女生。三人顯然看到社區中心的寬廣空間，都無法抗拒挑戰各種聲音。其中一個男孩對上他的視線，歡呼一聲。另一個吞了一口口水，打了好大一聲嗝。

拿里把手舉到半旗高度，點點頭。然而住在他胸口深處的東西又一如往常縮緊撤退，他想那必定是他的靈魂吧。

暑期活動已經開始兩週，大家都找好小團體，只有兩個小孩獨自站著。其中一名是他沒見過的高大男孩，脖子像潛望鏡從條紋上衣伸出來。男孩整整掃視周遭三百六十度後，假裝研究起窗台上的螞蟻生態箱。拿里知道他在假裝，因為幾年前螞蟻就死光了，八成太無聊吧。

另一名是七歲女孩，他都暗自叫她哀傷女。兩年前的暑假，哀傷女來的第一天都站在門口哭，無聲的眼淚差點害拿里心痛而死。他急著想叫她別哭，於是從幾名年長的女孩那兒偷來搶手的獨角獸玩偶，拿去給她，但她只抱緊玩偶，淚汪汪的雙眼繼續盯著門，睫毛沉重的黏在一起。

今天哀傷女哀戚的看著掌上一坨培樂多黏土。黏土跟牆壁都是偏粉的米白色，即使遠在報到台，拿里也看得出來黏土硬掉了。女孩抬頭直望著他，好像感到他在看她。她手一歪，黏土掉到地上。拿里同情的點點頭。

媽媽撕下一張支票交出去。「這是整個暑期課程的錢，包括週末。」

桑切斯小姐在他的名字後面寫下「暑期課程」，拿里猜想法官大概也是這樣寫「判決：死刑」。「你什麼時候想來都行，只要記得在門口簽到，我們才好記錄當天人數。」

「喔，他每天都會——」媽媽開口，但負責人跳起來，把一個小孩從垃圾桶拉出來。

「媽，這要花多少錢？」

「喔，小孩子不用擔心這種事。」

「我不擔心，我可以付妳兩倍的錢，讓我待在家。」現在是全新大膽的他在說話，因為他在家的鞋盒中只有四十六美元，但他走投無路了。

「我得去上班了，晚餐見。」媽媽探進托特包，拿出一張公車卡。「七月的月票，公車站就在門口。」接著她變出急救包和抗菌溼紙巾。「你要是摸東西……」

「媽！」

她拉起包包的拉鍊。「試著玩得開心，好嗎？也許你會交到朋友。」拿里放棄了。他繃緊臉頰，希望扯出類似笑容的表情，點點頭。他走去儲物櫃，把急救包和溼紙巾塞到其中一格深處。他把背包掛上鉤子，感到筋疲力盡。

「十一歲組！」桑切斯小姐從側門叫道：「跟凱爾去外面繞圈健行。十歲組，你們也是。」

繞圈健行，拿里差點忘了。他們要繞社區中心大樓十幾圈，先用走的，再進階成快步走和小跳步，最後逐漸加速跑步，直到腦袋發暈，後背汗如雨下，接著再做五圈自由動作，這根本不自由，因為還是要繞大樓走。半小時的強制運動。某幾年有學生拄枴杖，有一年還有一個男生坐輪椅，但他們也都要參加，只是可以慢一點。拿里嘆了口氣，走向側門。

他經過負責人身旁，抱怨道，「這裡應該要蓋真的運動場。」他有點震驚自己把話說出口，但她看來太累，並不介意。

「這裡應該要有很多東西，」她聳肩同意，「你去跟我的預算抱怨吧。」

6

拿里走到室外，與大家保持夠遠的距離，好觀察狀況，但又維持夠近的距離，大人才會認定他在享受有意義的社交互動。

長脖子男孩低頭垂著肩，跟十歲組一起出來。他掃視全場，眼睛找到拿里，鑽了過來。「我叫班。以前沒看過你，你也是新來的？」他的口氣熱切，令拿里想起他第一次來的頭幾週，他不禁揪起臉。

「不是，」他回答：「我是老鳥了。」

今年的輔導員凱爾叫道：「十歲組跟在十一歲組後面，排成一排。」長脖子男孩飄到後面去。

拿里目送他離開，意識到自己的描述極為貼切：他在暑期活動感覺好老。直到這一刻，他都以為老不過是衰頹的臉上長長皺紋，殊不知老是一種感覺。老是一種感覺沒錯，像筋疲力盡。

他跟十一歲組拖著腳走向社區中心園地角落的大橡樹，那是每一圈的起點。

「健走第一圈，用走的！」

室外同樣沒變。

越過側面籬笆，他看到光榮宣道會教堂的粉色鐘塔。每週二，教堂廚房飄來的千層麵香讓暑期活動聞起來比平常好多了。每週五下午，空氣中響徹唱詩班的練習歌聲。拿里喜歡想像震耳欲聾的哈雷路亞是戰勝萬難的電影配樂，主角正是又撐過一週的他。

十一歲組繞過轉角，來到後院停車場。洞穴酒吧的霓虹招牌聳立在籬笆上，藍色文字向顧客保證有「冰老啤酒」，旁邊的粉色紅鶴永遠把鳥喙塞進金色馬克杯。拿里嘗過啤酒，他無法理解怎麼有人會想喝，更別說紅鶴了。不過他很高興酒吧也還在。下雨時，霓虹招牌會把水珠染成七彩色，沿藝術小屋的玻璃流下來。你看到了嗎？哇。

他停下來，瞇眼看著招牌，試圖重現顏色閃亮的雨滴，直到十歲組超過他，他只好跑步趕上隊尾。

繞圈健走的第三段沿著市立圖書館走。要是整天能躲在深色的陰涼屋頂下，埋首安靜的讀一本又一本的書，一定很棒吧。圖書館有一整櫃講中世紀歷史的書。

整排小孩的十幾顆頭在酷熱中已抬不起來，他們奮力走過社區中心正門，再次走向老橡樹。

凱爾像典獄長對囚犯叫道：「健走第二圈，快步走！」

拿里周圍的小孩聽話抬高膝蓋，繼續前進。

但是拿里停了下來。

由於他排在最後，沒有人會注意到他躲在樹後，少走幾圈。

以往乖順的拿里跟全新的大膽自己爭執了幾秒，然後拔腿就跑。

他躲在粗壯的樹幹和籬笆之間，看最後一名十歲組小孩繞過轉角消失，感到飄飄然又激動。

他抓住頭上的樹枝，把身體晃上去，肚子緊貼寬廣的枝幹，伸展雙臂雙腿，像長出新枝。他想像樹汁流過他的血管，新葉從他的手指和腳趾綻放。

他再也不覺得老了。

然而很快他就聽到腳步聲又繞過大樓回來。他扭身進一步爬進綠葉中，遠遠越過籬笆，抱著鴕鳥心態閉上雙眼，等他們離開。

接著他往外看，結果差點從樹上摔下來。

有人攻擊了教堂。

7

教堂屋頂被拆掉，牆壁砸垮了一半，牆的上緣看來像有垛口的矮城牆。他做研究寫城堡報告時學到「垛口」這個詞，意思是像少了牙齒的下頷骨一樣凹凸不平。

拿里從樹枝跳下來，飛奔過雜草叢生的草坪，來到門前階梯。

其中一面巨大木門扇裂成碎片，另一面往外傾斜，像半拉起來的吊橋。他頭上的牆面突出一根鐵柱，從腳下的碎玻璃判斷，拿里知道柱子原本掛著燈，但現在只朝門口投下尖銳的影子，彷彿命令他進去。

拿里聽命進去前，先爬上門前階梯，查看影子。城堡設計者會在這種朝南的牆面嵌入日晷，作為村人的公共時鐘。

他算了一下。媽媽八點四十五分離開，所以現在大概九點。他沒有東西能寫字，不過他跳下樹時擦破了膝蓋。他小心翼翼用手指沾血，在影子尖端畫下「I」和「X」。

接著他跌跌撞撞爬過一堆殘骸，來到鐘塔。原本的尖塔頂開了一個大洞，傾瀉而下的陽光照亮一道鐵梯。閃爍的梯子一路往上，像個保證。

他還沒開始爬，就聽到金屬敲打砂礫的聲音。

他低下頭，四處張望。

越過後門，他看到一名瘦小的女孩蹲在教堂後院壓扁的滑梯旁。她頭戴下垂的草帽，帽子下披散一束束扁塌的黃頭髮。她舉起小鏟子，戳著地面。

寫報告時，他學到搶先入侵者一步，暗中從高處觀察對方很重要。他還寫道：「瞭望塔決定了戰爭的成敗。」史佩格老師在這句話旁邊貼了笑臉燈泡貼紙。

他緩緩退進鐘塔，探向扶手，準備往上爬。正當他抓住扶手，幾根立桿斷掉，噹啷掉下樓梯。

他僵在原地。

「嘿！」

拿里探出頭。

女孩站在停車場中央，雙手扠腰，臉頰沾染泥土，鼻梁上戴著墨鏡，鏡子般的鏡片閃爍銀光。「你在這裡做什麼？」

拿里爬過瓦礫到門口，也雙手扠腰。「沒什麼。」

「好吧，這塊地是我的，你得去別的地方。」

「那個……」拿里喜歡這個詞，「那個」在這時候能幫你賺點時間。「那個……這塊地不是妳的，這裡是教堂。」

「不對喔。以前是教堂，但現在是……」她往後揮揮手臂，指向她來的地方。「我的花園。」

拿里注意到先前沒發現的東西：十幾個標籤快脫落的矮胖大錫罐排放在砸壞的遊樂設施之間。「錫罐花園？」

女孩朝罐子歪歪頭。

拿里走下階梯，來到停車場。經過女孩身旁時，他盡量站挺，並發現他高出女孩幾公分，不禁鬆了口氣。真是荒謬，他們又不是要打架。

他蹲下來研究罐子。每個罐子都貼著「洋芋片花生」的標籤，每一罐都長出及膝高的植株，看來既柔弱又勇敢。拿里想用手指撫過植株尖端，但還是作罷。他站起來。罐子後方地上種了兩排同樣的植物，高度及胸，看似強健。

「我的花園。」女孩從他身後叫道：「看到了嗎？這塊地現在是我的了。」

拿里不爽她宣稱所有權的不公平態度，害他也想宣稱什麼是他的。他回頭叫道：「好啊。」他走向教堂地基，爬上後門階梯，張開雙臂指向廢墟。「那我要這個。」

女孩跟著他走到階梯。「毀掉的重生教堂？誰會要這個？」

「如果砸爛的遊樂場是妳的花園，毀掉的教堂就是我的城堡。」他害怕新生的大膽個性，卻也有點喜歡。

「健走第七圈！」凱爾的聲音越過籬笆傳來。

拿里嚇了一跳。他沒剩多少時間了。

女孩得意一笑。「喔，對啊。這是城堡沒錯，罪人的城堡。」

「聽妳在亂講。」他回頭叫道，手忙腳亂爬上廢墟。

8

「喔，我才沒亂講。」

不可思議。女孩居然跟上來，貼到他身旁，仰起銳利的下巴，抓住他的手。拿里太震驚手被抓住，才任由她拉自己到殘骸中央。

那兒放著一個假石頭包覆的大容器，幾乎跟他一樣高，兩倍長。拿里想爬上假石頭往內看，但女孩仍握著他的手。

他當然不想要她握他的手，但不知為何，他也不覺得應該抽手。他做出妥協，踮起腳尖，越過上緣往內瞥。缸裡都是殘骸，但他可以透過縫隙看到內壁貼著綠松石玻璃。

女孩鬆開他的手，拍拍容器側面。「這是洗禮池，罪人的浴缸。他們表現太壞在受苦，所以要排隊，哀求拜託喔拜託，請牧師丟他們進去。牧師把他們連人帶衣服丟進去，再抬他們出來。哇喔，他們就重生了，全新亮晶晶，像丟進可樂的硬幣。」

拿里說：「喔。」手給她握過的地方還溫溫的，有點可能在發光。「魔法浴缸。」

「不，不是魔法浴缸。因為下個禮拜，他們又會溜進洞穴酒吧，喝光租金，打小孩。跟他們丟進去以前做的事一樣。」

拿里偷瞄他的手。手沒有發光，但感覺不住顫動，彷彿可能裡面在發光。他把手塞進口袋，保存這份感受。「是說妳怎麼知道這些事？」

「我阿姨以前每個禮拜天都來，直到他們放棄。」

「放棄？」

「沒錢了，一月開始就沒繳錢，銀行就趕他們走了。」

「原來是這樣？那為什麼要拆掉教堂？」

「華特說是為了不讓人賴在這裡吸毒之類。」

「華特是誰？」

女孩朝洞穴酒吧聳聳肩。「酒保。」

拿里來不及阻止自己驚呼，「妳認識酒保？」

女孩抱頭呻吟一聲。

拿里尷尬極了，趕忙轉換話題。「哇。那個，這堆雜物裡一定有很多好貨。」

「沒有喔。教會的人比拆除大隊還早來，把好貨都拿走了。」

「妳怎麼知道？」

「我看到了。他們先拆掉十字架，放上貨卡車。誰都會注意到這種事。」

「健行第十圈！」

拿里猛然抬頭。他又錯過三圈了。

女孩順著他的視線看去，點點頭。「你得走了。」她聽起來很滿意。

「我要走了。」經過她身旁時，最奇怪的事發生了。

拿里在她鏡子般的鏡片中看到自己的倒影。世上最可悲的小孩回望著他。妳認識酒保？不可思議。

9

媽媽的轎車和爸爸的卡車都停在車道。

很好，他可以同時告訴他們，一次搞定。抬高下巴，挺起胸膛，勇敢前進。

「我試過了，結果糟透了，我不要回去。」他在門口階梯上大聲練習。

一隻蜥蜴跳上他旁邊最後一塊陽光照暖的水泥，斷斷續續做起小小的伏地挺身，好像在鼓勵他的宣言。拿里不怎麼喜歡蜥蜴，尤其是牠們的吸盤腳，但至少從熱力學的角度來看，你不得不佩服牠們。蜥蜴渴求太陽，卻不需要陽光，熱血冷血都能活得很好。

他對蜥蜴重複道：「我說真的，我不要回去。」他打開門鎖。

爸媽關起的房門洩漏出低聲的喃喃細語，沿著走廊傳來。

關門是他們的教養方式。小時候他不介意，但現在他愈來愈希望爸媽能直接告訴他發生什麼事。

他走過走廊，舉起手要敲門。他看著自己的拳頭，想起：花園女孩握了他的手。

不對，這麼講不正確。她只「抓」了他的手，沒有「握」他的手，而且從頭到尾好像都有點氣他。假如他脖子上綁著牽繩，她大概會用繩子拖他過去。

他把注意轉回門上。

然後他聽到：「……一個小孩，卻無法融入社會。他還提議付錢讓他不用去！」

拿里垂下手，往前傾。

「……現在我媽又生病。為什麼我們不能有個正常的小孩？」

拿里猛然後退，臉頰發燙，胸口感覺像靈魂的東西卻發冷縮起來，如同沒照到太陽的蜥蜴心臟。他緩緩沿著走廊走到廚房，坐在流理台旁，打開電腦遊戲來玩，像正常的小孩。

爸媽終於從房間出來。

爸爸問：「你的膝蓋怎麼了？」他擔心的挑起眉毛。

「沒什麼，我沒事。」拿里站起來，清清喉嚨。

爸爸問道：「你在咳嗽嗎？」

「沒有。好，暑期活動。」

媽媽拉開抽屜，翻東翻西，拿出一包超強效蜂蜜檸檬口味喉糖，拆開包裝。

「媽，我十一歲半了。」拿里呻吟一聲，推開喉糖。他又清清喉嚨。「好，暑期活動。我試過了，結果……」

媽媽咬著下唇。

她焦慮的樣子害他好心痛，他只好撇開頭。「結果……」

他聽到媽媽吞了一口口水。口水聲打敗了他。

糟糕的責任，無比的重量。

「結果……還可以。」他的聲音只有微微顫抖。他抬起頭。

「你看吧？」媽媽嘆了口氣，表情放鬆下來。

爸爸笑了。「你只需要試試看。」

他胸口的東西稍微鬆開一些。

10

隔天拿里在接送區向媽媽揮手，像正常小孩朝大門走了幾步。她開車離開後，他停下腳步。桑切斯小姐說過，他什麼時候想來都可以，但他還不想進去。

他故作輕鬆走到橡樹旁，等到四下無人，就把背包塞到樹枝交會處，爬上樹。他只是要看看。

女孩盤腿坐在三棵金山葵的樹蔭下，周圍環繞洋芋片花生的罐子，看來她好像在跟她的植物說故事。金山葵像戴綠帽的纖瘦老太太，也俯身聽她說故事，彷彿她說得很好。

拿里瞥向教堂。洗禮池頂端一片綠松石閃了閃，跟他打招呼。

先前他躺在床上，試圖忘記他偷聽到媽媽說的話時，花了很多時間在想「重來浴缸」。他真的需要嶄新自我的全新開始。

他跳到地上，大步走向女孩，站在她面前。「妳說的重生？要怎麼做？」

「我說過了，牧師要丟你進去。」她把小鏟子戳在他的球鞋旁，當作警告。

拿里退後一步。「我是說……那些人。他們不是想變回小嬰兒，所以在他們身上怎麼運作呢？」

女孩吹開眼前的劉海。「他們是『裡面』重生，不是『外面』。」

兩天內，拿里第二次想起笑他的輔導員。**不，我是說加入團體裡面。你在外面。**

他搖頭甩開記憶。外面是裡面的一部分。

「喔。全部都會變，還是只有壞的部分？」

「只有壞的部分。」

「事後大家都比較喜歡他們吧？」

女孩說：「當然。」但她聽起來不太確定。

「是浴缸有魔法，還是水？」

「水。不過根本沒有魔法，你忘了嗎？我跟你說過沒效，大家馬上又變回過去的自己。」

「每個人嗎？沒有人維持閃亮全新？」

女孩將小鏟子平衡擺在一邊尖銳的膝蓋上。她坐著文風不動，只有腳趾在粉色夾腳拖上伸展，彷彿在探詢問題的答案。「我不知道。」她坦承，「我想我只知道一個人沒有維持重生。」

「所以還是可能成功。」拿里追問下去，「一定對某些人有效，不然就沒這回事了。」

「可能吧。」她拿起小鏟子。

「等一下。有魔法的聖水原本就是聖水，還是倒進浴缸才變成聖水？」

「水源是普通的水龍頭，我猜牧師對水做了什麼。」

「做什麼？牧師做了什麼？」

女孩噘嘴吹氣，用力吹得劉海垂直往上飛。「誰在乎？都結束了。不管是什麼，都給打包帶走了。你看看四周，」她命令，「一點都不神聖，沒有魔法。」

拿里環視周遭。不管看哪裡，一切都殘破不堪。

他的視線落在花園，落在生銹錫罐裡的植株，既柔弱又勇敢。他看著較高大的植物強健的排排站。

女孩注意到他在看哪裡。「不是喔，它們比魔法還厲害，你可以仰賴它們。」她抬起墨鏡，瞇眼瞧他。「是說你何必這麼感興趣？我以為你說這是城堡。你可能不知道，城堡沒有洗禮池。」

「那個……對，我知道。」拿里往後退。他突然想保護他要重來的希望，彷彿希望也既柔弱又勇敢。「可是，呃，哈哈，城堡有護城河。」他開玩笑，接著聳聳肩，表示他其實不太在乎。

她喃喃說：「好吧，就我所知，護城河在城堡外面，不是裡面。」

拿里第三次想起笑他的輔導員。他拋下女孩在她的植物旁嘟囔，爬上教堂地基，走向重來浴缸。

11

拿里爬上他在洗禮池後方找到的台階，坐在邊緣。他想像浴缸裝滿水，想像他泡進水裡，然後踏出來，成為不那麼讓人失望的兒子。他的成績單上會寫：「拿里非常善於社交！還有，他非常正常！」

這種轉變會感覺如何？舊的自己被踢出去會痛嗎？要是舊的自己起而反抗，或拒絕退讓呢？

有人拍拍浴缸側面。他張開眼睛。

又是那個女孩。不可思議。她摘下墨鏡，怒目往上瞪著他。

拿里想起他的報告。城堡的城垛上穿插狹窄的開口，叫箭孔。守衛可以從箭孔射向攻來的敵人，自己又不會淪為箭靶。拿里覺得女孩的藍眼睛也有差不多的功效。

她瞇起箭孔般的眼睛，但臉上半掛著狡猾的笑容。「你要怎麼裝滿水？」

他指向水龍頭。

「不行喔，市政府斷水了。所以你要怎麼運水過來？」

拿里看向暑期活動中心，打了個哆嗦。或許圖書館會借他一點水。他試著用輕鬆的口氣說：「喔，用水桶。」他丟掉浴缸裡的一面紗窗。

「不對，要用水管，你有嗎？」

「我有……？」

「我有一根水管，十五公尺長。」她往後朝洞穴酒吧揮揮墨鏡。

「妳住在酒吧？」

「酒吧樓上。十五公尺不夠長，只搆得到籬笆。你有沒有水管？」

「我不知道，可能有。」

「可能？好吧，你拿來的水管夠長，能搆到我的花園和這個浴缸，我可能就考慮不趕你走。」她戴上墨鏡，穩穩架在鼻梁上。

「妳可能就考慮不趕我……？」拿里小心翼翼起身，站在洗禮池邊緣。高度是中世紀戰事的優勢。「是說妳以為妳是誰？」大膽的他出聲挑釁。

女孩抿起嘴，用骯髒的手指敲敲嘴唇，假裝認真思考要不要揭露這份非常重要的資訊。然後她聳聳肩。「喬琳。」

洗禮池邊緣比他想的窄，他往下走了幾階。「好。」

「好什麼？」

「好，明天我可能會帶水管來。」

他走過她身邊，撈起背包。

女孩跟上來，和他一起跳下木門扇吊橋。「嘿，」當他往大橡樹走去，她喊道：「你叫什麼名字？」

拿里回頭喊了他的名字，繼續往前走。

「哪裡？這裡啊。你在這裡叫什麼名字？」

拿里很習慣了。他的爸媽第一次約會時，發現他們的天祖父都在南北戰爭參加了拿里下盤教堂戰役，但在敵對兩方。光想到祖先朝彼此開槍，不知道他們將有共同的昆孫（要是其中一人瞄得比較準怎麼辦？），他就覺得頭痛。不過他比較慶幸爸媽紀念這個巧合時，沒有決定把小孩命名為「下盤」。

他後退幾步，解釋道，「不是『哪裡』。」他強調「哪」的三聲。「拿里，二聲。」

「好吧，拿里。帶水管來。不過不表示教堂就給你喔，我還沒決定。」她從口袋掏出帽子，戴在頭上。

她的話實在太不公平，拿里感到下巴掉了下來。他真的很討厭不公平。他想要回嘴，說些刺耳的話，可是她拉低帽緣前，鏡子般的鏡片又耍了同樣的詭計。他就在那兒，仍是世上最可悲的小孩。他甚至沒想到怎麼灌滿重來浴缸。

他低著頭，再次走向暑期活動中心。他聽到她叫道：「等一下。」他停下來。

「IX是什麼？」

他轉過身。

女孩指著大門旁的牆壁。「ＩＸ，」她重複道，「什麼意思？」

「不是ＩＸ，是羅馬數字的九。」

「為什麼？」

他走回去。「中世紀的人用羅馬數字，他們會在城堡牆上造日晷。妳看影子指向數字？我昨天九點寫的。」

「喔。所以這邊，」她敲敲牆壁，「這邊是十點？」

「差不多，我要十點在這兒才能確認。」

她朝數字歪頭。「那是血嗎？」

拿里悲慘的點頭。

她皺起眉頭說：「哼。」她似乎很努力在做決定，這回是認真的。

拿里把握機會逃跑。他都快到了籬笆，她才跑過來。

「停車場是邊界，我和你的領地邊界。你不可以越界，也不可以跟任何人提到這裡。」
「什麼?」
「我決定了，教堂可以給你。」

12

隔天早上媽媽開車離開後，拿里跳上橡樹，隱身在一叢樹葉後，隱祕如祕密一般。中世紀偵查的首要目標就是蒐集敵人的情報。

雖然握手令他發顫，雖然她把教堂讓給他，但花園女孩就是敵人，她自己也講得很明白。但她不知道拿里是城堡防禦專家，他的報告拿了A。

敵人在三棵金山葵的樹蔭下挖土。今天金山葵看來像守衛，由上彎著枝幹保護喬琳。

拿里注意到她先把腳小心翼翼放上鍬子，再跳上去，八成是不想砍斷她的夾腳拖。敵人劣質的鞋子是明顯的弱點。

她的後口袋露出小鏟子。當然園藝是她的強項沒錯，不過他提醒自己，強項也很適合用來轉移焦點。

他在後院小屋找到的水管放在背包裡，他把沉重的包包丟下去，跟著往下跳。

喬琳聽到落地聲，轉過頭來。「邊界。」她大喊，朝停車場揮動一根手指。

拿里舉起水管，像舉白旗。

喬琳點頭同意。他走過去，把水管丟在她面前。「妳在做什麼？」

她朝空中輕揮空著的手，彷彿在尋找適當的字，表達他的問題多瘋狂。

「我是說，我看到妳在做什麼，但為什麼？」

喬琳踢踢一堆土。「這邊基本上都是砂石粉塵。我得挖出一條壕溝，填滿好的土壤，才能種我的植物。」

拿里靠近一步。「我是說，妳為什麼要做這些事？這些植物為什麼重要？」

喬琳又跳上鍬子，這回沒那麼小心。她的頭髮像窗簾垂下來，但拿里先看到她的臉。她看起來害怕極了。

他的手一如往常撫上胸口。看到別人害怕的樣子，會害他真的無法呼吸，像一百支箭一齊射中肺部，咻咻咻。

蜜凱拉總是震驚於拿里能深刻感受別人的痛。「這就像你的超能力，」她說：「感知別人的感受。」

當時拿里開玩笑回答：「對啦，同理心隊長。」可是他其實不覺得好笑。超能力不該這麼痛。

現在他想叫喬琳不要害怕。可是他做研究寫報告時，都沒有讀到好的城堡防禦策略是叫敵人不要害怕。

他退到一旁，爬上教堂地基，打算完成偵察的第二目標：評估地點。要從高處才能評估，於是他慢慢走向鐘塔。高塔非常適合觀察地點的全貌。

他往上爬，並注意到以真的中世紀城堡來說，樓梯盤旋的方向錯了。真正的城堡樓梯是逆時針往上，好讓抵禦城堡的士兵往下衝時，能空出右手對抗往上爬的進攻敵人，而敵人握劍的手卻抵著牆。

然而拿里是左撇子。順時針盤旋的樓梯感覺像徵兆，代表這個地方注定是他的。

當然這麼想太瘋狂了。

鐘塔不高，大概六公尺。站在塔頂，他倒是看到這塊地的全貌。

整片園地大約跟美式足球場一樣大，外頭從任何一側都看不到裡面，就像城堡受到外層幕牆保護。東西兩側的屏障是快兩公尺高的籬笆，後方北側的常綠樹籬屏障更高。整條第一街上都標示「光榮宣道會專屬停車位！」，銀行立起橫越前院的高大鐵鍊圍籬，上頭蓋滿橘色網柵和警告標語，後方通往小停車場的車道也架起同樣的建設圍籬。再怎麼好管閒事的人把眼睛貼著圍籬，也很難看到裡面怎麼回事。

拿里往下看著喬琳。她用小鏟子依序輕碰那一排植株，像神仙教母拿魔杖賜福。然後他懂了：她不是在祝福她的植物，而是在清點數量，彷彿植物晚上會長腳逃走。

當她撿起水管，開始澆水，他才意識到：如果他想試用重來浴缸（他確實想，不過當然要對她保密），多虧那條水管，現在他占了上風。她對聖水了解多少，都得告訴他。

他趕忙跑下鐘塔樓梯，跳下教堂地基後方。他抬高下巴，挺起胸膛，勇敢前進她的領地。

13

「妳需要的好土壤，」拿里打算利用喬琳的強項轉移焦點，再偷偷提起聖水的話題，「要從哪兒弄來？」

喬琳聽了他的問題，贊許般點點頭。她關掉水管噴嘴，揮手指向先前他沒看到的三個及腰土堆。

腐爛程度不一的食物層層疊在一起。香蕉皮、橘子皮、西瓜皮、某種必然曾是蔬菜的綠色東西。「垃圾？」

「以前是，」她同意，「現在要變成堆肥了。」

拿里挑高眉毛，希望足以展現他多讚嘆。「堆肥，太棒了。好，牧師做了什麼把水變成聖水？」

她朝土堆後方的籬笆歪歪頭。「我去隔壁的希臘市場，拿太熟不能賣的蔬菜水果。我鏟一些土在上面，剩下就交給蟲子了。好，早在西元前兩千年，中國人最早做起堆肥，然後……」

拿里開始恍神，不過當太陽從金山葵的窄長葉子後方探出頭，照到她像鏡子的鏡片，他猛然回神。

在外婆住的地方，拿里曾清晨起來，一個人獨享泳池。大清早，池水會刺眼閃耀，就像那副墨鏡。不管他怎麼努力凝目往下看，都只看得到自己的臉反射回來。有時候，你最不想看到的正是自己。

「喔。」他稍微緊張了一下。「那個……牧師。他要唸咒語嗎？」

「唉，我只溜進去一次，聽到一些感覺滿重要的字。」喬琳把帽子往上推，若有所思的端詳他的頭一陣子。「你看起來要生銹了。」

拿里揉揉頭髮。他知道他的頭髮不尋常，遺傳到媽媽的小鬈髮，爸爸的深銅髮色。不過夏陽把他的頭髮晒白成黃銅色，他又在日落棕櫚村泡了三週的氯，更是沒有幫助。「我知道。」他說：「不過那——」

喬琳輕蔑的朝他揮揮小鏟子。「別介意啦，我的雀斑在太陽下看起來是綠的。好，我有三堆堆肥，分別在不同階段——」

他們聽到尖銳的哨聲，一齊轉過頭。

參加暑期活動的小孩出來外面，開始歡呼。

娛樂活動

放假放鬆

快樂一同

加油，暑期活動，加油！

每天好幾次，學員都會圍成一圈，互勾手臂，進行所謂的暑期活動精神喊話。拿里不喜歡大叫，也一直不懂歡呼的內容。

他參加的第一天回家後，問媽媽「娛樂」是什麼意思。

「玩的意思。做了會好玩的事，不是工作。」

這些定義統統不符合他剛過完的一天。「那快樂一同呢？什麼意思？」

「沒有人這樣說，」她說：「你一定聽錯了。」

隔天他仔細聽。當他又聽到這幾個字，他鬆開隔壁小孩的手肘，舉起手。

「是快樂的一同？還是一同快樂？」輔導員只是盯著他。「就是快樂一同，」她的回答毫無幫助，「這樣才會押韻。」

從此之後，他都跟大家一起高聲歡呼，但他總是覺得有點尷尬。

「嘿，醒醒。」喬琳朝暑期活動中心擺擺手指。「你該走了，掰掰。」

「還早。」拿里聽到這幾個字，彷彿出自別人口中。「首先，我有重要的事要做。」

14

拿里把大木門推到一旁，直到門扇重重倒在地上。如果這是他的城堡，吊橋得歡迎他進門才行。

接著他扛出洗禮池中的垃圾，一趟又一趟搬到園地後方的垃圾桶。挖到底時，他發現了問題：一個巨大的黃銅鐘。施工的落錘一定把鐘從鐘塔撞下來了。他需要繩索把鐘扛出來。這片混亂當中一定有繩索。

他從過往的廚房找起。木板拼湊的厚實長桌無動於衷站著，承載滿滿的瓦礫，但其他東西幾乎都壓壞了。他用力拉開幾個還搆得到的櫥櫃，裡頭只見塑膠和紙餐具，燒焦的平底鍋和裂開的盤子，還有一瓶發霉長毛的葡萄汁。喬琳說得對：好東西都給搶先拿走了。

廚房隔壁是餐廳，以前大概有一堆桌椅，但現在只剩塌陷的屋頂裝飾現場。不過遠在盡頭有三個櫃子幾乎完好如初。

拿里爬過殘骸，清出足夠空間，打開櫃子門。第一個是掃除櫃：打掃用具、拖把、水桶和掃把。

下一個櫃子的架上空空如也，只有幾條紅白格紋的塑膠桌巾，以及裝滿蠟燭殘根的木盒子，上頭擺著打火機。更多垃圾，沒有繩索。

最後一個櫃子都是美勞用具：幾箱膠水，幾盒麥克筆和粉筆，幾罐亮粉和指畫顏料，一疊挪亞方舟的著色本。

他翻閱最上面那本，腦中浮起一段回憶。

第一年參加暑期活動的暑假，他們去了動物園，隨後小朋友被帶進藝術小屋，畫他們看到的動物。

「這是什麼？」輔導員一面問，一面拿起拿里的畫：誇張的黑色橘色亮彩盤旋化為開心塗抹的綠色。

「老虎。」拿里好驕傲，甚至抬高聲量讓所有小孩都聽得見。這能彌補裡面／外面的問題。「牠要逃走了。你們記得牠的臉很哀傷嗎？」

「嗯，沒關係。」輔導員說：「不是每個人都能當藝術家。」她走開，把其他孩子照著獅子、大象和熊畫的圖釘在牆上。拿里把自己的畫揉成一團，塞進垃圾桶。

他搖頭甩開回憶。他要離開時，在櫃子後方瞄到一罐新的培樂多黏土。

他撕開包裝，拔起蓋子。奇怪的化學香草味讓他渴望把手指插進柔軟的黏土，但他想起哀傷女，趕忙蓋好蓋子。黏土只會完美一次。

角落的房間以前一定是辦公室。木頭書架癱倒在斷垣殘壁旁，架上空無一物，只有一袋黑色塑膠字母數字，以及一個紙箱。

紙箱潮溼，散發挫敗的味道，像霉味。他打開蓋子，拿出一張裱框的照片：棕色調照片中的教堂屋頂還只是橫梁骨架，環繞周圍的人舉著鐵鎚和鋸子。照片背面用褪色墨水寫著：「一九五一年」。

他翻過其他照片。婚禮和葬禮，身穿軍服的年輕男子，笑容燦爛、穿戴手套的女子捧著派，穿浴袍的小孩景仰馬槽裡的嬰兒玩具。

照片讓拿里想起皇室淑女替城堡編織的掛毯。掛毯能隔阻冬天的冷風，但真正的目的更為重要。經過掛毯的人可以從外圍的鑲嵌畫學到城堡的故事：生與死，戰爭與結盟，英勇事蹟或魔幻邂逅。

他發現這些照片跟掛毯差不了多少。完全一樣。

他拿起另一張。照片中，西側牆面正在裝設彩繪玻璃窗。

他拿著照片到那個位置，丟開垃圾，直到找到殘餘的玻璃窗：數千片彩色玻璃碎片在碎石間閃閃發光。他挑出幾塊，捧在掌心：紅寶石、藍寶石、翡翠和琥珀。碎玻璃像受詛咒的珠寶閃耀。

往回走前，他立起照片講述故事：一扇窗曾在這兒閃耀。

他重新蓋起紙箱，深深推到架子下方，免得被雨淋壞。本來壓在下頭的文件夾掉到地上。

拿里撿起文件夾。封面上寫了一個問題，「你的人生有目標嗎？」他感到一陣激動，彷彿打開了開關。

到底什麼是有目標的人生？他的人生應該有什麼目標？試圖重生的人感覺就要問這種問題。

他非常興奮的翻開封面。

文件夾是空的。

拿里癱靠著書架。

你的人生有目標嗎？

真是個好問題。

15

拿里看到爸媽癱躺在客廳沙發上，彷彿大砲炸飛他們，但他們累到看來都不驚訝了。電視無聲播著賽前的熱身畫面，因為爸爸認為球評會毀了棒球比賽。茶几上放著披薩盒。

媽媽搖搖頭，好像在清理思緒。「嘿，你回來了。今天開心嗎？」

蹺掉暑期活動的愧疚像汙垢沾著拿里。他本來要去的，也真的都走到門口，探向門把了。然而室內大家又在大叫，害他的靈魂退縮，手臂掉回身側。不管「快樂一同」是什麼，都不是他。他把培樂多黏土放在階梯上，快步逃回園地。

喬琳不見蹤影，於是拿里爬上鐘塔，一邊吃中餐，一邊勘查他的國度。從這兒看去，他的國度亂成一團。

於是他又爬下來，拿了一支長柄刷，開始清理洗禮池附近的地面。當掌心的水泡害他痛得無法繼續時，他找來一片紗窗和膠水，擺在廚房的工作桌。他收集大到還有救的彩繪玻璃碎片，黏上紗窗：碎裂的寶石突然又活了過來。

他今天開心極了。

現在他思索該怎麼回答媽媽。爸媽值兩輪班將近一個月了，就算他坦承沒去暑期活動，他們也可能累到不在乎。他小心翼翼開口，「我今天很開心。」

他還沒能繼續說，媽媽就誇張的鬆了口氣。「喔，謝天謝地。我們很高興你願意努力。」

拿里揪起臉。「爸……」

「兒子，我們都很感謝你。」他指向電視螢幕，球員在壘包附近跑動。「這樣想好了。高飛犧牲打，對球員來說不太好，但對球隊是最好的選擇。你也知道，團隊裡沒有『自我』。」

「或者想成你暑假的工作吧，」媽媽跟著說：「協助我們買下這棟房子。」

「我的工作是參加暑期活動？」

「不是，你的工作是確保我們不擔心你。別忘了，最後我們會送你一樣好禮物。你想到要什麼了嗎？」

拿里搖搖頭。他只想要暑假趕快結束。

「好，你今天做了什麼，那麼開心？」

「那個……」他轉向電視。「就是，那個嘛，正常的事。」他稍微強調「正常」兩個字，接著冒險偷瞄一眼，看效果如何。

媽媽笑了笑，把披薩盒和一疊紙巾推向他。

拿里坐在地毯上，拿了一塊，雖然他突然沒了食欲。

這時媽媽的手機響了。她宣布，「你外婆的醫院打來的。」她離開去臥房接電話，當然關著門。

回來時她拖著行李箱。「明天早上八點動手術。我今天晚上下班後過去，待到她可以動為止。」

拿里放下他的披薩。「她會害怕嗎？」

「什麼？不會。」媽媽看來一臉困惑。「好吧，可能會，我不知道。」

「跟她說我會去看她。行嗎？」

「要說『請問可以嗎』，不是『行嗎』。當然可以，她會待在附近的復健中心。」她背起她的手提包。「差點忘了。賽舅舅要來，他會跟我們住幾天。」

「喔，好呀。」拿里的舅舅不像一般大人。當賽舅舅問你問題，他真的會傾聽你的答案。不過他替一家新聞機構工作，在世界各地拍攝紀錄片，即使偶爾到美國來，通常也是去洛杉磯或紐約。

媽媽雙手扠腰端詳他。「不知道為什麼，你讓我想到他跟你同年的時候。」她拉過行李箱，吻了他的頭頂，然後指向廚房。「我幫你寫好行程表了。」

拿里嘆了一口氣。可想而知。

16

行程表有整整三頁。

拿里又嘆了一口氣。爸爸站在他旁邊，也嘆了一口氣。爸爸的嘆息充滿敬佩，拿里的嘆息充滿絕望，但兩者都發自肺腑。

「她還要告訴我什麼時候搽防晒油？」

爸爸靠近仔細看。「四小時一次。」他確認道，「你看，她還替每條防晒油貼標籤，一週一條。」

拿里一點都不意外。媽媽是活生生的日誌，內建永不出錯的時鐘，還能記憶存檔所有約定的時間，直到永遠。

有一次出門逛街，她經過一面巨大的數位時鐘，時間顯示兩點五十五分。

「喔，」她懷念的說：「兩點五十五分！每個月的第一個週一，我會在兩點五十五分下班，三點七分到學校接你，三點二十五分送你到牙齒矯正診所。我們會在車上剛好坐四分鐘，聽你抱怨裝牙套，然後就能準時進去。你記得嗎？」

他六個月前拆了牙套。他記得診所清潔劑的果香，牙齒矯正師的鼻毛從鼻子冒出來，還有每次拉緊牙套時牙齒猛然繃緊。可是他不記得時間。

「這樣想吧。」爸爸打斷拿里的思緒。「現在是比賽第四節，第四次進攻，最後一分鐘，我們比分落後。你媽媽是四分衛，叫大家用紅右三零誘敵防守戰術。達陣與否都仰賴每個球員準確跑到該去的位置，準確在該出手的時間，準確做該做的事。你懂嗎？」

拿里熱切點頭，一副他完全了解的樣子。他專注盯著時程表，假裝深思爸爸的建議。

這種時候他總是覺得孤單，好像爸爸住在叫運動的星球上，而他永遠到不了。更糟的是，拿里知道這種時候，爸爸也會覺得孤單。有時候他會目瞪口呆看著兒子，就像準備要大快朵頤眼前的大牛排，卻發現餐盤旁沒有刀叉，只有幾顆棉花球。他的表情彷彿在問：這是要我怎麼辦？

拿里現在不想看到那個表情，於是他又點點頭。

拿里的爸爸在他旁邊伸出手臂，看看手錶，然後拿下錶。

拿里震驚的問：「你在做什麼？」爸爸不像媽媽，沒有內建永不出錯的時鐘。他常擔心忘記重要的約定，例如看球賽的時間。為了避免慘劇發生，他有一支手錶，能同時設好幾個鬧鐘。

爸爸把錶戴上拿里的手腕。

「爸，可是你需要手錶。」

「你更需要。」他又深深嘆了一口氣，走回沙發。

拿里把時程表貼回冰箱，就在暑期活動傳單旁邊。他唯一不想錯過的時間就是三點四十五分回家的公車。他把手錶鬧鐘設到三點半，選擇鳥鳴當作鈴聲。

鳥兒象徵自由，但他永遠無法體會。

17

拿里看到他的水管像忠心的狗蜷縮在喬琳腳邊，不禁笑了。他在後院小屋找到繩索，今天他可以把鐘扛出來，灌滿洗禮池，讓自己重生，像可樂裡的硬幣。

他從樹枝跳下來，跑向喬琳。

「不行喔，邊界。」

拿里說：「我們不需要邊界。」他想了一整晚。抵禦城堡的人需要齊心合作，所以他們才會舉辦比賽和慶典，練習合作技巧，強化忠誠心。「這塊地是我們的，我們共有的。我們是同一隊。」

喬琳腳跟著地蹲坐，一臉警惕。

「妳就想像是美式足球好了。」他試著說：「誘敵防守，紅色，為了達陣。」

喬琳只是盯著他。

「算了。」他嘆了一口氣，指向水管。「換我了。」

「換你了？」

「用水管。妳忘了嗎？」

喬琳丟下小鏟子，大老遠走去洞穴酒吧旁的籬笆。每走一步，左腳夾腳拖的膠帶就閃著淡銀色。她在水管連接頭旁彎下腰，看似要斷開她和他的水管。

她真的在斷開她和他的水管。

她走回來，指向他的水管。「好，你可以拿去用了。」

「妳在說什麼？這樣就沒用了，水管沒有水！」

喬琳回頭望向分開的兩端。「沒錯，現在沒有水了。」

「可是妳忘了我們的約定嗎？我帶水管來，接上妳的，然後我們都能用。」

喬琳用骯髒的手指敲敲嘴脣，皺起臉。「不對喔，我們的約定不是這樣。」

她深思一會兒說：「我們的約定是：你拿你的水管給我，我就不趕你走。我可沒趕你走。」

「不公平！」拿里真的、真的很討厭不公平。

喬琳的下巴掉下來，開心驚訝的表情讓她臉龐一亮。「什……？」她驚呼一聲，環視園地。「這裡是神奇公平世界嗎？？？」然後她的肩膀垮下來。「不是耶，該死。我們還在現實世界。」她撿起小鏟子。

拿里感到自己又咬緊牙關。「那個，妳……妳真的要騙我？」

喬琳一手撫著胸口，彷彿深受重傷。「當然沒有，我們只是要談新的約定。今天你替我挖新壕溝，我就讓你用我的水管。」

她指向倚著籬笆的鍬子，燦爛笑了。

拿里抬高下巴，挺起胸膛，假裝他不盡然是世上最可悲的小孩。「好吧。」他勇敢妥協，「但新約定還要包括這項：沒有邊界了。」

18

「希臘人可認真了。」聽喬琳讚嘆的口氣，簡直就像大家在談論超級英雄。

「西元前五百年，他們就規定垃圾必須埋在離城市至少一點五公里遠。」

拿里的手掌灼燙，肩膀發疼，汗如流水滴下他的背。他咬緊牙關，聽她永無止境的教誨。

「在英國，由於街上堆滿垃圾，老鼠亂跑，結果黑死病搞得人到處死翹翹。於是他們發明了新工作，叫這群耙工負責耙掉街上的垃圾。」

拿里必須承認這段有點有趣。黑死病在城堡裡害死的人數沒有城市多，因為城堡會養貓養狗，避免老鼠跑進穀倉。不過他還是希望能回到過去，告訴那些騎士：**汝應撿垃圾。**

「古羅馬人的尿有很多用途。」喬琳繼續說：「種更多汁的石榴，美白牙齒，洗衣服。」

「城堡的防衛士兵會把一壺壺的尿砸向想翻過城牆的敵人。」拿里反駁道，「尿也是一種武器！」

喬琳贊許般點頭。「重複利用。」她轉而談起木瓜讚嘆，「她給我一顆爛掉的木瓜，我弄出兩百三十六顆種子。」

拿里心想，他拿到水管前，應該假裝聽她說話，於是他問：「誰給妳的？」

「史塔沃太太，她是希臘市場的老闆。我說過啦：她給我東西做堆肥。」她舉起手掌指向幼苗。「我只有四十七個罐子，所以這次只能種這麼多顆種子。假如罐子夠，我早就有兩百三十六棵植株了。」

「真可惜。」拿里暗自慶幸只有四十七棵。他抹掉臉上猛流的汗水。「妳一定很愛木瓜。」

「喔，我很愛木瓜沒錯。木瓜只要十個月就能結果，這邊第一批十月開始就會成熟，一棵樹可以結五十顆果實！一百棵樹可以給你五千顆木瓜，如果每顆都有兩百三十六顆種子……總之重點是，我們需要多挖地才行。」

喬琳拿大鏟子戳進硬土，將一瓢土拋到身後。土塊打中拿里的耳朵，黏在他汗溼的脖子上。他伸手撥掉，正要評估喬琳會不會讓他用她的水管清洗，這時他聽到一陣窸窣聲。

他傾身遠離激烈挖地的喬琳，豎起耳朵聽。

有人在園地裡。

19

教堂地基角落的草叢後冒出一名較年長的女孩，至少十四歲。她大步走下殘障坡道，短褲平整如刀，白得要命，拿里看得眼睛都痛了。

女孩走到坡道底端，環視停車場，皺起眉頭。她沿著停車場邊緣開始小心跳躍前進，像平衡木上的體操選手。她伸出雙臂，伸長食指，彷彿警告世界不准惡搞她的平衡感。她每跳一下，整齊的馬尾就往上甩。拿里喜歡那根馬尾的樣子，滑順烏黑，看似非常驚訝。

他繼續盯著入侵者，同時拍拍喬琳的背。

「怎——」

「噓。」

喬琳站直身體，張大嘴巴看了一會兒，好像不敢相信看到的景象。她高喊：「嘿！」

女孩冷酷的瞥了他們一眼，又繼續跳。她在角落停下來，掏出手機，照了柏油地的照片，接著又用同樣的體操腳步，沿著停車場邊緣徘徊。

喬琳回過神來。她衝出去，雙腿像活塞擺動，手裡仍揮著小鏟子，帽子從頭上掉下來。「嘿，這是我們的地盤！」

拿里丟下他的鍬子。他討厭吵架，吵架會害他的靈魂縮成小小一塊，但他還是趕忙跟上去。喬琳剛說這塊地是他們的地盤。他們的，一起。她就這麼說了，真是令人振奮的進展。

拿里靠近後，發現女孩比他想的還年長，至少十五歲。他用手指梳過汗溼黏膩的頭髮，重新戴好帽子。

「首先，」女孩對喬琳說：「這不是你們的地盤。這是土地編號七八八，陽濱銀行的財產。」

喬琳往前傾。「妳在銀行工作？他們讓小孩在銀行工作？我想跟那裡的人談談！」

女孩笑著搖頭。「我也想跟銀行的人談談，或者拍賣買下這塊地的人。但這塊地絕對不是你們——」

「拍賣？什麼拍賣？」喬琳越過墨鏡上緣怒瞪女孩，但短短一瞬間，拿里又看到了：她臉上害怕的表情。她的表情射穿他的心，咻咻咻。

女孩後退幾步。「呃……這塊地查封了呀？所以要拍賣。總之——」

喬琳質問：「什麼時候？」

女孩舉起雙手。「我不知道！算了，我不在銀行工作，妳忘了嗎？」她又掏出手機，越過喬琳的肩膀拍了一張照片，按下幾個按鍵。

然後她轉向拿里。「好啦，我弄完了。你們兩個可以繼續你們的……呃，泥巴戰？」

拿里把臉湊到上衣領口，擦一擦，暗自希望剛才有用水管洗臉。他聽到喬琳喃喃說：「別回來了。」

女孩聳聳肩。「我不會回來。」

喬琳走向她的植物，一臉獲勝的樣子。

拿里可不太確定。他在教堂地基後端追上女孩。「等一下，妳說妳不會回來，可是別人會來吧？」

「其實很多人都會來？銀行的人，他們找來裝警示燈的業者。我會告知奧杜邦學會——」

「不行！誰都不可以來！」

聽到他的喊聲，喬琳跳起來，又衝了過來。

「有人要來？」她氣急敗壞的說：「誰？」

女孩朝天空仰起頭，彷彿在做決定。「好吧，管他的。」隔了一會兒，她說：「情況是這樣。」

20

新來的女孩爬上後方階梯，正襟危坐在頂端，往下看著他們，像老師等學生安頓好。

喬琳穩穩站在階梯底端，雙臂抱胸。

拿里爬上扶手坐著。他還有點頭暈。他們的地盤。

「光線微弱的時候，」女孩開始說：「在鵝、鴨、鶴這些水鳥眼中，潮溼的鋪築地面看來可能像水。」

「誰要來？」喬琳質問：「跟妳說一聲，他們不可以來。」

女孩挑起一邊深色的眉毛，冷靜的重新來過。「潮溼的鋪築地面，光線微弱的時候？牠們會以為是水面，試圖降落，就會摔斷腿。」

「就算妳講得對好了，」喬琳打斷她，「這跟我們的地盤有什麼關係？」

「呃，又來了……你們的地盤？」女孩翻了個白眼。

又來了，他們的地盤。

喬琳忽視她的白眼。「所以怎樣？妳擔心有鵝會摔在這裡？」

「不是鵝。」女孩垂直往上指。「這裡是沙丘鶴的遷飛路線。每年秋天，數千隻沙丘鶴在遷徙途中會經過這裡，就在這個位置上方。現在教會搬走後，整塊園地沒有打光。我剛才量了停車場：大概三十乘十五公尺，這麼大片的鋪築地面就有問題了。況且你們看，車道不是彎著通到停車場嗎？看起來就像河。如果牠們飛過時又溼又暗……」

拿里回頭看向停車場。他忍不住想像地上蓋滿墜落的鳥兒，受傷又害怕。

他呻吟一聲。

「沒錯。沙丘鶴重約五公斤，這麼重的身體落在兩條細細的腿上可不得了。」

她站起來拍拍短褲，褲子仍奇蹟似的一塵不染。「但我不會讓這種事發生。」

她經過時，拿里聞到蘋果洗髮精的清香。他又希望他有用水管洗臉。

「妳要怎麼做？」喬琳問：「叫鳥警察來？架設繞路指標？」

「別搞笑了。沙丘鶴這樣遷徙幾百萬年，這兩個方法根本沒用。鳥一定會飛來。我現在列出城裡所有的危險地點。我爸爸是市議員，我要叫他命令這些地點的地主打燈。我也會找奧杜邦學會的人，看他們能做什麼。」

喬琳猛然伸出雙掌。「不行！」

「不行！」拿里從扶手跳下來。

女孩來回看著他們兩人。「呃……可以？」她把馬尾拉過肩膀，扭著髮尾。

「我爸爸會搞定，他已經同意了。」

「好吧，那就叫他不要同意。」喬琳說：「不准帶銀行的人來，不准帶鳥的人來。」

女孩又打量他們一番。「你們兩個是怎麼回事？你們在這裡做什麼？」

21

「講講你今天做了什麼吧。」

拿里抬頭，看爸爸橫躺在沙發上。他想了一下，他確實想分享他的一天。他大可打電話給朋友，但蜜凱拉跟一個朋友北上，瓦雄去籃球營了。

他直盯著靜音的球賽，開始說。「社區中心隔壁的空地據說位在遷飛路徑上，幾千隻鶴會飛過，幾萬隻。」

爸爸更加陷進沙發。「嗯嗯。」

「你記得我說教堂沒了嗎？施工落錘拆的。他們拿走大部分的東西，但太重或鎖住的東西都留下來了。例如那些長木椅，如果清掉殘骸還可以坐呢。」

拿里頓了一下，很肯定爸爸會問他怎麼知道這些事：他不是去暑期活動嗎？

最起碼爸爸也會警告他不能亂闖私人土地，或要小心生銹的釘子。

可是爸爸仍不發一語，閉著眼睛，好像等他繼續說。拿里稍微放鬆，有人聽他說話感覺很好。

「他們把洗禮池也留下來了。我本來不知道那是什麼，另一個小孩告訴我的。」

拿里又停下來，想著「另一個小孩」。他還記得喬琳握住他手的那一刻，感到事後他的手仍舊多麼溫暖。他不記得其他人握過他的手，雖然小時候爸媽一定握過。他往後靠，頭輕輕靠著爸爸的膝蓋。爸爸沒有動。

「牧師會把人丟進水裡。」他補上一句，逐漸帶向重要的段落。「他們就能重生。」

拿里等了一下。爸爸還是沒說什麼。

「我想這對我可能不錯。這次我可以努力變得更像你和媽媽。」

拿里穩住身子，動也不動。他說了，他說出口了。爸爸可能回答：「喔不，我們完全不希望你改變！」或者說：「兒子，太棒了！」

拿里不知道他比較喜歡哪個反應，或哪個反應會害他感覺更糟。

這時爸爸的手臂滑下沙發，打中他的臉頰。拿里慌了一秒：爸爸閉著眼睛，嘴巴歪斜，看來太像那晚在醫院擔架上運來運去的病人。不過接著他發出顫抖的鼾聲，拿里才恢復呼吸。

他抓起爸爸的手臂，輕輕放回靠枕上。

他調高電視音量，好聽到球評的聲音。這沒什麼，但爸爸醒來後，拿里至少能轉述球賽內容給他聽。

22

拿里用繩索拉了整整五分鐘，終於聽到鐘鬆動，嘎吱呻吟一聲。他跑回去，越過邊緣往內瞧。

結果不妙。鐘把洗禮池底部撞出一個坑洞。

他胸口必然是靈魂的東西很難接受這個消息。他癱坐在階梯上。

重來浴缸永遠無法裝水。

他永遠無法重生了。

他這輩子都會是不正常、在裡面的外面、無法融入社會、令人失望的兒子。

他的每張成績單都會寫著：「拿里需要在課堂上多參與！」雖然「參與」指的是不花時間思考就喊出答案。或者寫：「拿里非常聰明，可是都不表現出來！」還有一次寫：「有時候我都忘了拿里在我班上！」

哪種老師會因為小孩很安靜就忘記他的存在？

這時一隻蜥蜴跳上他旁邊的階梯，撐開鮮紅色的脖子皮褶。「我沒有要跟你打架。」拿里舉起雙手，向牠保證。

老舊的教堂到處都是蜥蜴，躺在滾燙的水泥瓦礫上晒太陽。拿里不討厭牠們占空間，只是牠們總害他想起那天他聽到媽媽說她希望兒子正常一點。假如那天他看到的動物不同就好了。比較罕見的動物，例如有次他看到在紗門上顫抖的長尾水青蛾：淺奶綠色，跟他的手一樣大。

他對身旁的蜥蜴說：「走開。」

蜥蜴眨眨眼。

拿里彎腰仔細看。他想起蜥蜴跟貓、駱駝和土豚一樣，都有多一層半透明的眼皮。牠們可以垂直拉下這片瞬膜蓋住眼睛，就像拉起窗簾，彷彿在說：「不了，謝謝你，現在我在享受自己的時光。」

蜥蜴有無法融入社會的眼皮。或許到頭來，那天他就該看到這種動物，或許他就該一直記得他多令人失望。

他的雙眼湧上淚水，喉嚨刺痛。他把頭塞到膝蓋間，慶幸四下無人。

一分鐘後，他聽到金屬刮過下方的鋪築地面。他越過洗禮池邊緣往下瞧。喬琳拖著一根大鐵鎚橫越停車場，她的皮手套一路拉到手肘，護目鏡掛在脖子上。她臉上掛著拿里見過最有目標的表情。

他爬出來，站在後門口。她真的要試了。

昨天她保證會拆掉弄斷鳥骨的鋪築地面，才把女孩（原來她的名字叫艾希莉）趕出園地。「嘿…沒有鋪築地面，就沒有問題。這樣就不用看到銀行的人、鳥的人、燈光和妳！」

艾希莉「哼」了一聲，但喬琳用氣到冒煙的眼神瞪她一眼，害她趕忙翻過鐵鍊圍籬，跳上她的腳踏車。「隨便妳，」她飛快騎走前大叫，「下星期我會回來，看妳是不是真的做到了。」

拿里以為喬琳只是在唬人，因為後來她都不肯談這件事，只是跟前天一樣查看太陽，然後把工具藏進樹叢，掏出一個黑色垃圾袋，拎著走了。

然而現在她在這兒沒錯。她從腰帶拔出一根三十公分長的尖釘，蹲下來，把釘子插進鋪築地面的縫隙。接著她站起來，戴上護目鏡，舉起鐵鎚，響亮的往下用力一揮。

喬琳抬頭看他，往下指。

拿里搖搖頭。她瘋狂的承諾是她自己瘋狂的承諾。

她繼續指。

他走下階梯，漫步晃過去，只是想看看。

一塊柏油裂了開來。

「扛走。」

拿里抬頭看著沒用的洗禮池，喉嚨又緊了起來。「不要。我不在乎誰會來，這裡沒我的事了。抱歉，喬琳。」他開始走向暑期活動中心，雙腿感覺像石頭。

「好啊，跟你自己說抱歉吧，拿里。你還是要幫我挪走這塊地面。」

拿里繼續走。「我才不要。掰掰，喬琳。」

「哼，最好是啦，你當然要。因為……」

她頓了一下，然後他聽到，「我需要你。」喬琳顫抖的聲音像警鈴大響。

他轉過身，齊發的箭射中他：咻咻咻，一百支箭都命中紅心。他跑回去，手撫著胸口。

喬琳眨眼忍住淚水，站得更直。「不管我種什麼，希臘市場的史塔沃太太都會賣。」她抽著鼻子說：「我就能賺很多鹽，我很需要。」

「很多鹽？」

喬琳又吸了一下鼻子。「錢，我是說錢。」

「喔。可是……可是妳做不到，喬琳。妳沒辦法敲碎搬走整座停車場。」

「好吧，我非試不可。否則那個有錢女生會帶一堆愛管閒事的人來，我就會失去這塊地。」她再也敵不過眼淚，淚水沿著她的臉頰流下。「我不能失去這塊地。」

她的眼淚。

「好，好，等一下。」他說：「讓我想想。」

他四處張望，彷彿答案可能飄浮在空中。他看到瞭望塔。瞭望塔非常適合觀察全貌，看清事情。

「在這兒等我。」他說：「別害怕。」然後他爬上高塔。

站在塔頂，他確實觀察到全貌，看清了事情。

他的心飄了起來，真的跟書裡寫的一樣飄起來，讓希望湧入空出的空間。弄斷鳥骨的鋪築地面包括前方和側面的人行道，以及後方的停車場，像護城河環繞教堂。

像護城河。

23

拿里指向停車場內側角落，那裡積了幾公分的水。「昨天晚上的雨水。教堂的施工垃圾塞住了下水道，我們要塞住其他下水道。」

喬琳抹抹臉頰，在他旁邊脫口而出，「可是，那個，地心引力怎麼辦？」「地心引力？」

喬琳揮揮手臂，指向停車場外緣。「那邊怎麼留得住水？還有整個外圍？」她的手臂揮個不停，幾乎顯得歇斯底里。

拿里自己揮手，指向教堂地基。「那邊一定有幾百萬塊水泥，我們可以建一道牆，繞一整圈。我們要造一條護城河。」

喬琳的手臂垂下來，彷彿手臂也過於震驚，舉不起來。「我們真的做得到嗎？」

拿里讓自己想像。水流進巨大的水池，後方深九十公分，守護他的城堡。你看到了嗎？哇。

金山葵似乎在點頭鼓勵他，好像希望看到自己倒映在水面上。

兩個小孩造一條護城河，拿里在腦中唸起旁白：他們做得到嗎？

喬琳說：「好吧，嗯，我想我們非試不可。」

拿里僵在原地。他說出口了嗎？

接著更震驚的想法襲來。他們不只在建造保護鳥兒的護城河。

這是巨大的重來浴缸，能把人變成可樂裡的硬幣。

不管聖水是什麼，他肯定需要很多。

24

問題是落錘沒有把牆壁敲碎成乾淨俐落的單一水泥塊，拿里扛出大概十幾塊就沒了。有些是兩到三塊大小，但砂漿把其他都黏成一大片，有的跟車子一樣大，中間還突出扭曲的鐵柱。

拿里蹲下來，看著一個五塊大小的厚片，用盡全力拉。厚片動也不動，似乎在嘲笑他。「我們可以在這裡敲開嗎？」

「最好不要。」喬琳決定，「前門開口很大，別人可能會看到。下來停車場弄。」

拿里拿來繩索，綁住厚片。他們一起拖了五分鐘，成功把厚片拖到後門，再奮力扯一下，厚片就掉進了停車場。

拿里跟著下去，跌跌撞撞走到草地，癱倒在地上。他真希望他有運動的習慣，什麼運動都好，才能長一點肌肉。

喬琳戴起護目鏡，把尖釘戳進厚片中央一道縫隙。立直釘子後，她舉起大鐵錘。短短一瞬間，高舉過頭的鐵錘在她細如麵條的手臂上搖晃，但她很快控制住，精準的把鐵錘往下砸。厚片裂成兩半。

「妳看起來……」拿里起了頭，才開始找適當的詞。他想到「英勇」，這個詞沒錯，但他震驚的嘴巴拒絕說出來。

喬琳嘟囔說：「我知道我看起來什麼樣子。」她把護目鏡拉離臉龐，怒目瞪著鏡片，再讓護目鏡彈回頭上。「但史塔沃太太說如果我不戴，她就要收回她的工具，還說她再也不會給我爛掉的香蕉。」

拿里問道：「什麼？誰？」他差點稱讚這個骯髒的女孩英勇，現在還沒回過神來。

「史塔沃太太，你忘了嗎？那樣太太給我所有爛掉的水果。」

拿里心不在焉的糾正她，「那位。」

「哪位？史塔沃太太啊，我不是跟你提過她。」

「不，我是說妳要講『那位』，不是『那樣』。」

他才說出口就後悔了：每次媽媽糾正他的文法，他總是不耐煩。可是喬琳盯著他，等他解釋，她的眼神沒有給他出口。

「『位』是人用的量詞，『樣』是東西用的量詞。所以史塔沃太太是『那位』太太，不是『那樣』太太。」

喬琳鬆手掉了鐵錘，一屁股跌坐在地上。

「對不起，」拿里說：「這不重要。」他走到裂開的厚片牆面旁，抓起較小那半：兩塊水泥塊大小。他斗膽瞥了她一眼，她還坐在地上。

她抓著尖釘的指節泛白。「沒人告訴我這條規則。」

「說真的，這不重要，很多人都會犯同樣的錯。」拿里併起膝蓋，將水泥塊扛上小腿。他還沒試著走一步，雙腿就開始發抖。他放開水泥塊，擦擦額頭。

「這條規則很好。」喬琳氣呼呼抱怨，彷彿他沒說話，甚至不在場。「因為人不是東西。你可以丟掉東西，通常雖然不該丟，但有時候東西就是垃圾。可是人絕對不是垃圾，所以人有不同的量詞很好。這位小姐現在知道了。」

25

喬琳讓水管的水柱垂直向上噴，灑落下來的水花飛濺到金山葵的窄長葉子上。金山葵在顛倒的雨中欣喜顫動，水珠又滴到躺在下方的拿里和喬琳身上。

他們一面納涼，拿里一面計算。「今天早上我們建了一點五公尺的牆，而且是後面高度要最高的段落。一整圈大概一百二十公尺，但前面和兩側的牆可以矮一點，會建得比較快。如果妳真的能跟希臘市場的太太要到購物推車，我們四個禮拜就能完工。」

「你那邊要……」喬琳的手揮向社區中心。

「那個……」拿里想了一下。他本來沒打算徹底蹺課，但他也無法想像自己回去，所以就這樣了。「那邊當然很棒，很多快樂一同，但我不需要去。」

喬琳吹開劉海，挑起一邊淺色的眉毛。

「我外婆住院了，我爸媽不想還要擔心我一個人沒事做。我在這裡不是一個人，也有很多事做，所以他們沒意見。」

「她為什麼住院？」

「她跌倒摔傷屁股。」

「她為什麼跌倒？」

「為什麼？沒有為什麼，她就是跌倒了。」

「人不會隨便就跌倒。」喬琳摘下帽子，四處揮動。「前一分鐘你還站著，然後砰一聲，你就倒下去，摔斷骨頭。一定出了什麼事，怎麼回事？」

「這個嘛……我不知道，我不在場。」拿里撇開頭。他感到反感席捲全身，彷彿抬起石頭，發現一堆蛆。那時他漂在泳池裡，等待愚蠢的燈亮。大人物真的出了什麼事嗎？跟她的病、跟她變老有關嗎？他應該保護她不受傷害嗎？

他滾到一旁，拔起幾把草。「她摔傷兩邊屁股，必須換掉，就這樣。」

喬琳用手肘撐起身子，摘掉墨鏡。她的雙眼閃爍，令拿里感到更不舒服。

「他們怎麼處理？」

他問道：「處理什麼？」雖然他早已知道答案。

「她的舊屁股。你是說臀骨吧？我沒想過人類的器官。」

「我猜他們丟掉了吧。這不重要，我們該回去工作了。」

「這不重要？」喬琳聽到拿里無知的程度，眼睛都凸了出來。「很多地方會把東西扔在外面，給禿鷲或老鼠吃，你外婆的老骨頭那樣也行嗎？或者丟在垃圾掩埋場呢？有人會闖進去，找能賣的東西。如果有人找到她的臀骨，拿去賣呢？」

「不可能發生這種事，太可怕了。」

「喔，對，我都忘了，你住在神奇公平世界。」她躺回地上，拿帽子蓋住臉。「可是在現實世界，壞事就是會發生。」

拿里跳起來。「休息時間結束了，回去工作。」

26

剩下的整個早上，拿里都在跟喬琳冷戰，但她似乎沒注意到。然而她把工具丟進樹叢，準備離開時，他發現他不想一個人。「那個……妳要回家做午餐嗎？我可以等妳。」

「我沒有要回家。」她掏出垃圾袋，走向後方車道，經過堆肥堆時，朝土堆擺擺手。「我需要更多東西。」

「好呀，等一下，我跟妳去。」

「不行。」然後她就走了。

雖然拿里不餓，他還是拿了午餐，爬上高塔。他硬吞下又硬又乾的花生醬三明治，喝下跟湯一樣燙的果汁。

高熱之下，香蕉都發黑了。他用力把香蕉丟過高塔的牆，看它掉下去。他想起喬琳說，人不會隨便就跌倒。大人物一定出了什麼事。

拿里在報告最後的第十一頁手寫了騎士準則。他花了好長時間才寫得看起來完美，以至於他都記住了那十三條準則。第三條是：**汝應尊重所有弱點，並致力守護弱點。**

他沒有致力守護外婆的弱點。「大人物，我注意到妳今天不太舒服。」他應該說：「況且妳還得了變老這種病，我們叫醫生吧。」

明明這麼簡單。

隔著停車場，金山葵垂下枝葉，彷彿替他感到丟臉。

不過下方築起的牆給了他希望。重來護城河很快就會裝滿水，他會重生。這次除了變正常，他還會注意到外婆身體不舒服，並且有所作為。

27

一週後，他們每天有了固定行程。

每天早上，三棵金山葵的樹蔭會籠罩喬琳的花園，這時拿里會幫她。喬琳總是不停講述垃圾管理的歷史，每當她提出某種恐怖的方法，可能用來處置大人物的舊臀骨，拿里會打斷她，不然他挺喜歡在這兒。

第一批木瓜樹上掛滿嬌小的水果；第二批到處長葉子，很高興能逃離罐子，住進肥沃的好堆肥土。三十個洋芋片花生罐加入原先四十七個空罐子，喬琳拿錘子和釘子在罐底鑿洞，每一罐種一顆種子。七十七株全新的木瓜冒出小綠芽，好像想知道他們在慶祝什麼。

一旦樹蔭散去，就是造牆時間了。

拿里第一次問喬琳要不要抹防晒油時，她看著他，彷彿他拿著一管溫口水。不過那次之後，她似乎跟他一樣享受飄蕩的椰子香。

他們一起用繩索套住巨大石塊，拖過教堂邊緣。他們隨身帶著水管，教堂地基散發的高熱害他們喉嚨乾如砂紙時，他們會就著水管，大口狂飲有橡膠味的熱水。

喬琳從不讓人拿史塔沃太太的大鐵錘，而拿里總是假裝深感不公平。其實他鬆了一口氣，要是他揮不動怎麼辦？

一旦喬琳把一片牆面敲碎成小塊，他的工作就是用購物推車推走石塊，拿去疊起來。他最喜歡這份工作：拼湊起石塊，用裝滿碎石的塑膠袋填塞縫隙，再拿他在小屋找到的填縫材料封住縫隙。

如同喬琳的植物，圍牆每天都變長一點。

收工時間向來大約是一點，喬琳會拿著她的垃圾袋去希臘市場。

拿里總是試圖跟去，她也總是拒絕同意。她愈拒絕，他就愈想去。

幾天後他抱怨，「為什麼不行？」

「因為我說了算。」

「妳不可以亂下規定，這樣不公平。」

「又來了，神奇公平世界！」喬琳翻了個白眼，繞過他走開。

於是他放棄了。每天剩餘的下午，他會感到孤單，不過是祥和的孤單，不是寂寞的那種。他在高塔上吃午餐，然後替新造的牆鋪上裝滿碎石的垃圾袋。他修復他的彩繪玻璃窗，或清理拖洗一塊地板。他做好了日晷，開始建造王座。

又過了一週，一樣，一樣，一樣。

然後禮拜五到了。

28

禮拜五，拿里在高塔上時，聽到一輛車停在教堂門口。

流線型大車的顏色是看來嚴肅的木炭色。一名男子下車，身穿看來嚴肅的木炭色西裝。即使遠在高塔上，拿里都能看到他的鞋子非常閃亮。

他心想，這是好事。鞋子那麼閃亮的人不會進來這麼髒的園地。

男子沒有進來。他大步踩著非常有目標的步伐，走到施工圍籬中央，把公事包放在人行道上打開。

他拿出一個亮黃色告示牌，貼上鐵鍊圍籬。然後他用力關上公事包，大步走回車上，開走了。

拿里跑下階梯去找喬琳。他指著馬路，她似乎懂了。

亮黃色告示牌上下固定在圍籬上，哪兒都沒有要去的意思。

公開拍賣
土地編號七八八號
商業用地，零點七五英畝
秋季開賣

拿里瞥向身旁的喬琳，她臉上掛著恐懼的表情。他抓緊胸口，感到一百支箭一齊飛來的威力。「沒關係，喬琳，不會有事的。」

喬琳聽了他空洞的話，不住搖頭。一會兒後，她轉身沿街跑到希臘市場後院，他看她擠過樹叢，消失了。

拿里獨自站在圍籬錯誤的這一側，感到毫無防備。他爬回去，走上正門步道，還沒從驚嚇中恢復。

一切看來都不一樣了。殘破的教堂、擴張的花園、整塊園地，統統看來好脆弱，彷彿在求救。

他的視線瞄到吊橋附近的冬青樹下閃過一抹金屬光澤。

拿里蹲下來，發現了驚喜：一個夾板廣告牌。他把牌子拖出來。

廣告牌兩側都用黑色塑膠字母拼出訊息：不要害怕。

他腦中又浮現畫面：喬琳看到拍賣通知時臉上的恐懼，配上射中他心臟的一聲「咻」。

拿里把廣告牌扛到她的花園，放在她的木瓜旁邊。

不要害怕，喬琳。

29

「這是什麼意思？」喬琳雙手握拳扠腰。

拿里後退一步。「字面上的意思，不要害怕。」

喬琳的指節泛白。「誰說我害怕了？」

「別這樣，我看到了妳讀告示牌的表情。」

她看向閃亮的告示牌，全身骨頭似乎都垮了。「他們永遠沒機會成熟，我永遠沒辦法賣掉木瓜，賺到我需要的錢。我好笨。」她踢倒一株木瓜幼苗。

拿里趕過去扶正罐子，盡力拍齊小植株周遭的土壤。「這樣不對，我們把這塊地弄得這麼好。」

喬琳一臉厭惡的搖頭。「或許在神奇公平世界，對的事會發生，但這裡不會。」

她踢倒另一個罐子。「我不會留下它們給推土機殺死，我自己動手。」

「別這樣。」

喬琳沒有停下來，她踢倒另一個罐子，又一個。「然後我得去找工作了。」

「不，喬琳，我們不會讓這種事發生。妳不會失去花園。」

「你在說什麼？」

他到底在說什麼？

拿里突然看到報告的第十一頁，第十二條似乎亮了起來。汝應永遠捍衛真理和良善，抵抗不公不義。

他說的就是這個。

這擺明是不公不義，他必須捍衛真理和良善。

他突然非常肯定，這就是他人生的目標。

他拔高身子站直。「我不會讓這種事發生，喬琳。我會拯救妳的花園。」

喬琳「哼」了一聲。「你要怎麼做？」

「我還不知道，但我會做到。妳不會失去花園，我發誓。」
「你發誓？」
「保證，我保證。」
「當真？」
「當真。」
喬琳狠狠看他好一陣子，才小心扶正罐子。她拍土替植株復位，雙手看來像在禱告。
她離開園地後，只留下拿里和他的誓言。
當然，他的保證瘋狂又不可能實現。
可是他不在乎。因為他突然發現，他的心臟至今毫無用處，只是四處抽送他的血，殺殺時間。可是他發誓的時候，心臟從胸口跳了出來，彷彿重生成鳥兒，現在盤旋在瞭望塔頂端附近。
上頭的景色棒透了。

30

星期五家裡也不一樣了。

「你們送她去復健中心了？」拿里在廚房找到媽媽。他問道：「她還好嗎？」

「非常好。」她回答：「醫生說她康復得很好。她已經回到老樣子了，我們才進房間不到一小時，她就開始指示工作人員如何安排室友的腎透析時程。只有大人物會這樣，對吧？」

拿里心中的擔憂死結稍微鬆開一些。「其實，我想得到還有一個人……」

「也是，我想我確實遺傳到這個基因。」她笑著承認，「好，我煮點東西給你吃吧，我好想你。」她打開冰箱，皺起眉頭。「沒有水果也沒有青菜。」

聽到這句話，拿里看到希臘市場戰役出現完整的側翼戰術，簡單又不怕喬琳破壞。「我去買，」他故作輕鬆提議，「活動中心附近有地方在賣。」

媽媽從錢包掏出幾張二十元美金。「不准買垃圾食物。」

拿里搓搓手，坐下來，看她倒幾塊餅乾在盤子上，切了幾片切達起司。「復健中心在哪裡？」她也在桌旁坐下後，他問道：「我想去看她，行嗎？」

「要說『請問可以嗎』，不是『行嗎』。復健中心在鎮上，我想你上完暑期活動可以搭公車去。我完全沒休息時間，沒辦法帶你去。我偶爾下班回家路上會過去，但是……」她把頭埋進雙手。「還有好多事要處理。保險。如果她要搬家，她的家具怎麼辦。一堆鳥事。」

拿里放下餅乾。如果當時大人物出了事，跟她的病有關，而他沒能保護她，才導致她跌倒，那麼一堆鳥事就是他的錯。

「這個嘛，你不用擔心，我和你的賽舅舅會想辦法。」

他用力吞口水。「媽，不對。妳得告訴我這種事。」

遠方響起輕微雷聲，嚇了他們一跳。拿里從窗口往外瞧，天空顯得顛簸泛黃，像喬琳昨天丟在堆肥上的哈密瓜。午後雷陣雨要來了，非常準時。

「媽，我不是開玩笑。妳跟爸得把事情告訴我，我不是隨便什麼小孩了。」

「嘿，別亂說話。你不是隨便什麼小孩，你是我的小孩，我就你這一個孩子。」

拿里沒有回答。媽媽常說這句話，以前聽了總令他倍感受寵，今天卻像她在他臉上裹了毛毯。

她伸出手，拇指撫過他額頭的髮線。「髒死了，你都在做什麼？」

「那個……我們在做園藝。」

「我們？我們是誰？」她的臉亮了起來，口氣充滿希望，害拿里心一沉。

「媽，妳不用擔心我。」

「這個嘛，我會擔心。因為……」她拿起大腿上的餐巾，摺成整齊的三角形。「我小時候，我——」

「我知道。妳是班長，有一百萬個朋友。爸爸會打三種運動。我知道。」

「我只是希望你快樂。」

他想跟她說，有時候他一個人就很快樂。但不管他試著解釋多少次，她都無法理解。八歲生日前的傍晚，當媽媽大步闖進他房間，他就知道了。

那時她睜著恐慌的眼睛問道：「你沒聽見我叫你嗎？」

拿里趕忙站起來，一臉困惑。他做錯事了，但做錯什麼？「對不起，我……」

媽媽在房內橫衝直撞，立刻打開兩盞桌燈和頭頂照明，抹去低矮的冬陽投射在天花板的美麗影子。「一個人在黑暗中躺在地上？為什麼你沒聽到我叫你？你知道我多擔心嗎？你在做什麼？」

她的問題來得太快，或他的腦袋轉得太慢。「我在……想八……」

「什麼？」

「我在看。」他糾正自己，「看數字八其實是圓圈加圓圈。」他希望他給了正確答案，能消除媽媽臉上的焦慮。

他錯了。

「看不是做事，拿里。你在做什麼？」

「我在腦袋裡做事呀。」他指向天花板，試著告訴她灰泥的曲線畫出無數個垂直的無限符號。「妳看到了嗎？」

「喔，拿里。」她癱坐在床上，頭埋進雙手。「我只希望你快樂。」

他更加困惑了。當他躺在地上，他其實感到快樂實體存在著，感覺就像吞下發芽的種子。可是媽媽的表情非常悲傷。

「媽，我會努力。」他真心保證，「我會更努力。」

三年半過後，顯然他還是不夠努力。

「妳覺得人能重來嗎？」他問道：「如果他們有問題，能重新來過，變得全新嗎？」

「喔，不，我想沒辦法。你外婆的預後狀況很好，但她不會變得全新。」

拿里突然感到孤單，不是祥和的孤單，而是寂寞的那種。他站起來，把盤子拿去水槽。

媽媽也站起來，走到日曆旁。她說：「再六個禮拜，房子就是我們的了。」近處雷聲一響，嚇得他們都跳起來。拿里走到窗口，看到烏雲滾滾而來。

媽媽也走過來。「沒問題的。」她把頭靠著突然濺滿雨滴的玻璃。

拿里無法判斷她在自言自語，還是對他說話。「沒問題的。」她又說一次，彷彿要多安撫聽者。

拿里想到新的告示牌，他不可能實現的誓言，外婆在他的關照下跌倒。

「沒問題的。」

他不太確定。

31

隔天拿里側躺在地上，看喬琳在一陣水泥飛塵中揮動大鐵錘。整個早上他都黏著她，擔心她又會拋下園地。不過她努力鋤了一條新壕溝，拿里理解鋤地的動作是她在傳達訊息：她決定要相信他。他感覺宛如奇蹟降臨，而奇蹟讓他同時如釋重負又焦慮不堪。

他問道：「妳不認為這塊地應該感覺不同嗎？」他會想到這個問題，是因為他又在想聖水怎麼來的。當然他不會告訴喬琳，他們或許不是敵人了，但他打算重生的計畫仍感覺太柔弱勇敢，不能冒險跟人分享。「我是說，這裡以前是教堂，妳不認為應該還是要感覺不同嗎？」

「我說過了。」喬琳往下一揮鐵錘。「他們把神聖感都帶走了。」

「可是神聖到底是什麼感覺？如果神聖感回來了，我們會注意到嗎？」

上方的金山葵沙沙作響示警。拿里坐起身。他聽到腳踏車剎車的緊繃嘶聲，還有車子丟在施工圍籬上的碰撞聲。

他和喬琳看艾希莉跳過圍籬，抖抖身子恢復鎮靜。然而她一看到停車場的工程，冷靜的表象就一飛而散。她匆匆跑過來。

喬琳威脅般靠近說：「妳可以走了。」護目鏡讓她看起來像大昆蟲在審視食物。「我們要用水覆蓋鋪築地面，就不會危害鳥了。那麼，掰掰囉。」

艾希莉看來一臉懷疑。

喬琳丟掉鐵錘，扯下護目鏡。

拿里站到她們之間。「真的，我們要繞教堂地基築一道牆，我們要建護城河。」

「護城河？環繞城堡的那種河？這個，呃，太荒謬了吧？」

拿里撇開頭，臉頰發燙。護城河並不荒謬。大多數人以為護城河只能保護城堡抵禦地面的攻擊，但來自地道的突襲其實更危險，而護城河能封鎖這種戰術。

艾希莉繼續說：「你想當盔甲閃亮的騎士、大英雄，展現騎士精神之類的？」

聽到這兒，拿里得離開現場。他大步衝上後門階梯，一面暗自背誦：**騎士勇敢忠心，彰顯正義**。除此之外，他們務實的發明了有目標的人生。七歲起，他們的目標就是訓練準備受封為騎士。成為騎士後，他們的目標則是服侍領地的君主。

當他爬到高塔頂端，他必須承認問題在於騎士精神。

拿里記得那天晚上他拿報告給媽媽看。她氣急敗壞的說：「這太扯了！」

她讀報告的時候，拿里坐在她椅子旁的地上，這時他沮喪極了。「史佩格老師不覺得很扯，我拿了A。」

「喔，不是你的報告，你的報告很棒。可是這邊？」她指向第十一頁。「這邊說要保護美麗的落難女子？如果男人沒有先剝奪女人的權利，就不需要炫耀自己多有騎士精神了！太扯了。」

她的話害他失望好多天。如果現在的世界不再適用騎士準則，他就永遠沒機會厲行這些規範了：**尊崇榮譽而活，服侍領地的君主**。還有最重要的一項：**拯救有需要的人**。

拿里在腦中囤積了許多情境，想像他拯救有需要的人。基於目前他缺乏肌肉，他在情境中都放入年齡層老幼兩端的人：小嬰兒爬進湧上的海浪；老人過於虛弱無法橫越馬路。每個情境中，他都會挺身而出，抬高下巴，挺起胸膛，勇敢前進，把他們從災難邊緣拉回來。

等他冷靜下來想過一遍，他意識到只有落難女子的部分不適用。現在女生不需要特殊待遇，不用當作她們比較柔弱：其實現在女生也能當騎士了。其餘的準則依然沒問題。

不，他真正失望的原因是他永遠無法成為騎士。連外婆有難時，他都沒能保護她。他保證要從銀行手中救下木瓜花園，但他連該怎麼做都不知道。

不管往哪兒看，萬物都反映他的夢想有多荒謬。連金山葵似乎都在努力忍笑。

他，當英雄？

太扯了。

喬琳的聲音飄上來。「妳不准跟任何人提到這裡，一個字都不行。」

他突然想到了。他飛奔下樓，衝回兩個女孩身旁。

「就這樣？」艾希莉問她，「我只要不告訴任何人，你們真的就會把整片鋪築地面淹滿水？」

喬琳說：「對呀。」

拿里說：「不對喔。」

兩個女孩都猛然轉向他。

「妳還要做一件事。」

艾希莉說：「喔？做什麼？」

「叫妳爸爸命令銀行不要拍賣這塊地。」

「拜託，我才不要。」

拿里抓緊他的大腿，揪起臉。「那麼多隻鶴要摔斷腿……」

艾希莉雙手抱胸。「好吧。你們真的建了護城河，我就跟我爸爸談。」她晃著馬尾走開。

喬琳挑起眉毛，高到從墨鏡上露出來。

拿里又在鏡子般的鏡片中看到自己。這個小孩其實也沒那麼悲慘。

32

拿里從沒看過希臘市場，因為市場面向第二街，但媽媽判定第一街是進城最有效率的路線。一旦她決定去任何地方最有效率的路線，就絕不會改了。

等拿里長大，每次出門他都要走不同的路線。

總之，市場就在隔壁，東側木籬笆後面。屋簷上的招牌用金色字體寫著「希臘市場」，以免他錯過，但他不可能錯過。他站在門外的人行道好一會兒，只能瞪大眼睛看。

拿里要上幼稚園時，爸媽送他一盒一百二十八色的超級豪華蠟筆，彩虹般的各種顏色展現無數可能，全都是他的。

現在他感到同樣富足的喜悅。水果蔬菜從桶子滿出來，顏色鮮亮彷彿從內打光。他想說：「你看到了嗎？哇。」不過一如往常，他能給誰看？

拿里只比喬琳晚十分鐘離開，但四處都不見她的人影。或許她在撈垃圾桶的東西。問題是，之後她在做什麼？每天拿里離開時，她都沒回來，所以每天下午她拖著一袋垃圾，都去哪兒了？

拿里搖搖頭，踏進市場。他在禁忌的希臘市場真的有事要做。

他拿起籃子，丟進一包藍莓、一顆萵苣，還有胡蘿蔔、番茄、香蕉和李子，然後走向收銀台。

他對收銀小姐說：「外頭真熱。」拿里很感激一年有六個月，不管在佛州哪裡，大家都這樣打招呼。不用想獨特的開場白簡單多了。

小姐同意道，「外頭真的很熱。」

拿里將籃子放上收銀台。他注意到旁邊的木箱，裡頭裝著看似凹凸不平的美式足球，表面夾雜綠色和橘色。

他伸手去摸，外皮感覺像皮革。

箱子的標籤倒了。出於好奇，他翻起標籤：木瓜，一磅一點九九美元。木瓜。拿里捧起一顆，感受果實意外的重量。

「我看過木瓜植株。」雖然說完「外頭很熱」的開場白後，他沒打算多說什麼，他還是告訴收銀小姐，「看起來有點纖弱。」

收銀小姐說：「是嗎？」

拿里一臉懷疑，低頭看著手裡沉重的水果。「我不知道它們怎麼撐得住五十顆果實。」

「東西通常能長成需要的樣子。」她說：「它們都做得到。」

「妳真的這麼認為？」

「根據我的經驗，對，沒錯。」她接過他手裡的木瓜，傾身用磅秤秤重。這時拿里瞄到她身後打開的門。

門外是花園，爬滿藤蔓的棚架下有一張桌子。一名女子站在桌旁，部分發白的頭髮盤在頭上，她身穿花襯衫，用麻繩當腰帶繫住寬褲。一名女孩靠坐在桌邊，黃色細髮垂在褪色的吊帶褲上。

拿里看到喬琳喝一杯紫色的果汁，吃起一盤堆滿的食物。收銀小姐挺起身，擋住他的視線。拿里往前傾，好繞過她繼續看。

「總共是二十三美元又兩角。」收銀小姐說完，把他買的食材重重放進紙袋。

拿里伸長脖子。花園裡的女子一定是史塔沃太太，她指向頭上的葡萄，喬琳點點頭。

「二十三美元又兩角。」收銀小姐重複一次。她伸出一隻手，另一手扠腰，動作像茶壺。

拿里踮起腳尖，盡可能變成瞭望塔。史塔沃太太把更多食物放上喬琳的盤子，一手撫著她的肩膀。喬琳往後仰頭，發出拿里從沒聽過的聲音。

聲音很好聽：輕柔的汩汩聲，像噴泉冒出的水。手肘膝蓋如此銳利、眼睛像箭孔的她能發出這種聲音，真是意外。

如果他在真的瞭望塔上，他可能會摔出去。他不知道喬琳會笑。

33

那天下午，拿里爬下橡樹樹幹，看到公車站的男子，差點把食材掉了一地。因為男子的頭髮跟媽媽一樣是深褐色，跟他一樣鬈起又剪短。他趕忙退一步躲到樹後，但男子轉過身。

「拿里。」他舉手叫道：「找到你了。」

拿里走過去，雙腿突然感覺沒那麼穩健。「賽舅舅，你在這裡做什麼？」

賽舅舅搖搖一隻手指。「小傢伙，問錯問題了喔。」他的笑聲代表事情並不好笑，一點也不。「應該要問，你『不在』裡面做什麼？」他朝社區中心點點頭。

拿里張開嘴，但沒有聲音出來。

「我先說吧。」賽舅舅拍拍長椅，拿里癱坐下來。「你媽媽請我來接你。你能想像我進去裡面，卻找不到外甥，我有多驚訝嗎？」

拿里完全可以想像。他把頭埋進手裡。「你問人了嗎？」

「有，我問了一個年輕人，他要我去看簽到表。今天沒有外甥的名字，整個禮拜都沒有外甥的名字。」

拿里呻吟一聲，透過指縫往外看。「你有通報我嗎？說我失蹤什麼的？」

「沒有。我差點打電話給你媽，但我又想起她說你每天搭三點四十五分的公車回家。我心想：嗯，她送你來，你沒進去，但你搭公車回家。於是我決定在這兒等。」

拿里抬起頭。「賽舅舅，我受不了，暑期活動糟透了。」

「嗯，我看得出來。我跟你一樣大的時候，也會蹺掉這個地方。可是整天躲在樹後面？小傢伙，這不好啊。」

「我才沒有。」

「拿里，我看到你了。你從那棵大橡樹後面出來。」賽舅舅的聲音溫柔卻難過。

拿里站起來，扛起背包。「跟我來，」他說：「我帶你看我去哪裡。」

34

賽舅舅從冰箱拿出啤酒，跳上流理台。他動起來像貓，細瘦又冷酷。

拿里收好食材，給自己倒了一杯柳橙汁。「你會告訴他們嗎？」他斜眼偷瞄舅舅一眼。

賽舅舅頭靠著櫥櫃。「你覺得呢？」

「不會。可能會吧，但拜託不要。」拿里把身子扛上流理台，坐在舅舅旁邊。他雙手捧著玻璃杯，蓋住環繞杯緣奔馳的愚蠢海馬圖案。「我媽覺得我需要更多——」他從杯子抬起手指，比出引號，「有意義的社交互動。」

賽舅舅嘆了一口氣。「我的小妹啊，她就是這樣，到處修理東西，連不用修的也修。我覺得你看來不需要修理。」

出乎意料的善良之言讓拿里招架不住。他看來不需要修理。他覺得快哭了。

「除非她沒錯，或許我真的哪裡不對勁。」

賽舅舅放下啤酒，摘下眼鏡，用衣服下襬擦擦鏡片，再戴回去，一臉期待看著拿里。

拿里也沒料到自己的反應。他把一切都告訴舅舅：他感覺跟其他孩子不同，不像他們成群在人生路上跌跌撞撞，隨便半途闖進正在進行的事。他喜歡在外圍觀望一會兒，從瞭望塔上偵察一番。還有他能獨處好幾個小時，做東西或單單思考，從不覺得無聊。

然後他告訴舅舅最糟的消息。「她希望有個正常的小孩。」

賽舅舅微微皺起眉頭。「我很難相信，她成天都提到你。」

「真的，她說我不夠融入社會，好像我生病了。」他屏住氣。

賽舅舅長長的手指相觸，抵著嘴脣。「嗯，如果這叫生病，那我生病一輩子了。」

拿里心中湧起無限希望，以至於無法回答。

「對啊。」賽舅舅點點頭。「你剛才聽起來像在講我，其實聽起來像在講跟我共事的每個人：音樂家、攝影師、作家，那整群人。你聽起來像在講藝術家。」

拿里感到的希望突如其來，又突然破滅。他盯著地面。「我不會畫畫。」

賽舅舅聳聳肩。「我跟你說，藝術家有很多種。」他交叉雙臂，枕在頭後面。「你還是小奶娃的時候，有次我去拜訪大人物。你們全家也在，我們要一起送她去日落棕櫚村。有天我帶你去海邊，省得你再煩你爸媽。你第一次看到海，整個人僵住，好像被電到，眼睛睜成這樣。你還一直伸手想碰水，想喝海水。」

聽到這個故事，拿里猛然有了印象，就像不經意經過鏡子的感覺。

不過想喝海水聽起來當然很瘋狂。尤其賽舅舅這種人都跟明星一起參加影展，他本人根本可說也是明星，還會從摩洛哥、香港和加爾各答這些要看地圖才知道的地方寄明信片來。「我是怪小孩吧？」

「怪？不會啊。當時我就想，也許你會成為藝術家。」

拿里抓住流理台。「什麼意思？」

「我自己第一次知道的時候，我也還是小孩，大概八或九歲。我的朋友養了新的小貓，牠的貓掌肉球好完美，像閃亮的小咖啡豆，我忍不住想吞下去。當下我就知道了。不是知道我是藝術家，當時我還沒想通這一點。我只是知道我不一樣，而這份差異對我一輩子都很重要。」

「我不懂。」

「這樣講吧：藝術家看到感動的事物，會需要吸收進去，變成自己的一部分。然後經過轉譯，以眾人也看得到的方式，回饋給世界。這樣你懂嗎？」

你看到了嗎？哇。「嗯。」

「為了這麼做，藝術家需要孤獨，需要安靜。對了，你得為此奮戰，因為世界愛死噪音了。」

拿里往後靠著櫥櫃。自從他開口吐出「無法融入社會」這句話，他沒有意識到自己有多緊繃。「我懂了。」

「我知道你懂，你已經給我看了。」

「有嗎？」

「你的園地。護城河、日晷、彩繪玻璃窗。你在轉化那塊地，這是藝術家的工作。」

拿里想起他畫的逃跑老虎。**不是每個人都能當藝術家。**「可是我不是藝術家。我說過了，我不會畫畫，也不會寫作或創作音樂，什麼都不會。」

「現在那塊園地就是你的藝術品，你在創作。」他臉上慢慢浮現一抹笑。「我有個預感。這樣吧，我給你一台攝影機，不是什麼高檔貨，只是我旅行時帶的。我告訴你怎麼用，教你簡單剪輯。你帶攝影機去園地，拍下你在那裡做什麼。我一個月後還會過來，你再給我看。」

「所以……你不會告訴我爸媽？」

「抱歉，小傢伙，我想我得說，不然就是你要說。」

「不行，如果他們知道，爸爸會擔心。我這個暑假的工作就是不讓他們操心。況且媽媽會送我回去參加暑期活動，喬琳就得一個人做所有的事。我向她保證了，拜託。」

賽舅舅揉揉額頭，閉緊眼睛，滑下流理台。「好吧。社區中心就在隔壁，只要發生什麼事，甚至你覺得哪裡不對勁，你就馬上過去。你要小心安全。」

這時大門打開，拿里的媽媽走進來。「兩位晚安呀，你們聊得開心嗎？」

「晚安，小人物。」賽舅舅擁抱他的妹妹。「我們聊得可開心了。」

拿里的媽媽倒了一杯冰茶，坐在桌旁。

賽舅舅舉起啤酒，像要敬酒。「小人物，今天晚上告訴妳一個好消息。」他朝拿里眨眨眼。

「喔？什麼呀？」

「原來妳養了一個藝術家。」

她朝拿里挑起眉毛。「是嗎？」

「沒錯。妳知道妳怎麼樣嗎？」

她搖搖頭，啜飲幾口茶。「我怎麼樣，賽勒斯？」

賽舅舅咧嘴笑了。「妳很幸運。」

那天晚上，拿里切開木瓜，分給大家當點心。

每個人都吃過一點後，他問道：「很好吃吧？非常甜。」

「確實。」舅舅同意，「超級甜。」

「而且很順口，非常順口的水果，你們不覺得嗎？」

「對，拿里，順口得不可思議。」媽媽朝他投以古怪的表情。

「吃起來有點像哈密瓜，但更有哈密瓜味，對吧？」

爸爸歪過頭。「你自己種的嗎？現在你是木瓜瓜農還是怎樣？」

拿里垂下頭，暗自笑了。現在他是木瓜瓜農，還是怎樣。

35

即使看似普通的事物，透過攝影機鏡頭都顯得無比特別。就像你能在滿布灰石的海灘走一整天，但你必須撿起一顆，捧在掌心觀察，才會發現石子獨一無二。萬物都懇求在影片中留影，想受到注目。「別擔心，一旦你知道你想講的故事，你就會剪掉多餘的部分。」賽舅舅建議他，「一開始想拍什麼就拍。」

第一天喬琳問他：「你的影片要拍什麼？」

拿里停下來，想了一下才回答：「感動我的事物。」

「感動你？」

「觸動到我的東西，我想拍這些。」

他就這麼做了。

他拍攝喬琳挪出洋芋片花生罐裡的泥土，動作小心翼翼，中央的新芽搖都沒搖，然後她拍拍土壤，把新芽安頓進壕溝。他拍攝她高舉史塔沃太太的鐵錘到頭上，精準往下揮。他拍攝她每次敲出裂痕都握拳慶祝。

他拍攝一排螞蟻從堆肥扛著一咪咪西瓜離開；磨損的綠緞帶在壓扁的滑梯上飄動。他翻閱一盒盒照片，挑出城堡的淑女會織進掛毯的場景。他把照片排成一排，近拍每一張。他挑了一棵木瓜樹，每天拍一段特寫。「你會成為明星，」他向幸運的樹保證，「在鏡頭下長大。」

不出多久，攝影機感覺就像拿里身體的一部分。要不是設了鬧鐘，每天他都會一直拍到錯過公車。回到家，他會馬上打開電腦，看他拍到什麼。

光線是問題：刺眼的陽光照得東西褪色，陰影裡的事物又不夠亮。廣告板一次解決了兩個問題：當作遮光板擋住光線，或包上錫箔紙作為反光板。廣告板也很適合放在看似迷失的目標後方當背景。他用上衣包住攝影機的麥克風，避免路上噪音干擾。他也開始嘗試攝影機上的按鈕：焦距、影格率、白平衡。

一週後，影片符合他腦中的想像了。每一幕似乎都在說，你看到了嗎？哇。

賽舅舅說過剪輯最難。「你必須把許多很棒的素材留在剪接室地上。」

拿里還沒準備好剪輯，因為他還不知道要講什麼故事。不過賽舅舅一直提到「重大的轉捩點」，他希望他有拍到一些。

有天他對喬琳說：「我希望我看到了落錘施工。」

「喔不，你不會想看，太糟糕了。」

「好吧，或許我不想看，但我希望有拍到。」

喬琳聳聳肩。「新聞有報導，你可以搜尋看看。」

下午拿里就去找了。他不但找到新聞畫面，還有圍觀群眾上傳的影片。

喬琳說得對，太糟糕了。一揮，一撞，砰。每次都像加農砲擊中心臟。

但他覺得感動。

他將攝影機對準電腦螢幕，拍了起來。

36

拿里坐在煤渣磚上，手掌支著下巴。賽舅舅說他在轉化園地，但他有嗎？

舊遊樂場現在成了生意盎然的花園。他把前院草地過長的草耙成中世紀的花樣設計。他完成了彩繪玻璃窗，現在正用破舊的廚具和一捲錫箔紙做盔甲。護城河的牆愈建愈高，很快就會灌滿水。然而位處中央的破敗教堂卻完全不對。

造型不是問題，高塔和厚實的牆壁本來就形似城堡。問題是顏色，粉色完全不適合城堡。城堡通常生於周遭土地，使用當地材料當作建材。磚塊，石頭。城堡應該是石頭的顏色。

石頭。

拿里站起身，走到喬琳的花園，踢踢喬琳從壕溝挖出來的廢土。「妳說這些是什麼?」

「砂石粉塵,沒用處。」

「未必喔。」

他走進教堂,拿了凹陷的煮麵鍋、攪拌湯匙和拖把。他把砂石粉塵倒進鍋子,用水管加點水,開始攪拌。

教堂西側牆面還籠罩在陰影中,他拖著鍋子過去,開始往一片牆上塗泥漿。泥漿才黏上去就滑下來,留下噁心的粉色痕跡。

如果泥漿碰上乾燥空氣都會滑下來,怎麼撐得過整個夏天傍晚的雨水?

拿里想起去年去的沙雕展覽。「艾默牌膠水。」當他問冠軍怎麼固定沙,她用手遮著嘴巴悄聲說:「跟水一起攪拌進去。」

他走進教堂,拿了一整箱膠水。標籤寫的是「穩黏膠」,不是「艾默牌」,但膠水就是膠水。

他加入膠水,重新來過,拿拖把塗黏黏的泥漿。每隔一會兒,他注意到喬琳會站起來，作勢伸展身體，但他知道她在偷看他。

因此他能努力做下去。

他中途只停下來拍攝進度。兩小時後，他把整面牆搆得到的部分都塗好了。

他用中世紀的作法處理高處牆面。他剛裝設好Y字型樹枝、彈簧繩和濾盆，喬琳就放棄偷看，走了過來。

她端詳塗滿泥漿的教堂牆面。「你瘋了。」她的口氣就事論事，彷彿在說天空是藍色。

拿里後退，從她的角度來看。他得同意，「我想妳說得對。」

「我是說真的，你的問題就在這兒。」

「妳八成沒錯。」

她指向投石機。

他低頭喃喃說：「基本上就是超大的彈弓。」

「弄給我看。」

拿里把幾個三明治包裝袋裝滿泥漿，放進濾盆，往後拉，讓袋子飛出去。袋子打在教堂牆上破掉，發出令人滿意的啪嗒聲。

「你真的瘋了。」

「我知道。」

喬琳搖搖頭，一臉無奈的翻白眼，然後把他推到一旁。「我最好來幫忙。」

沒想到喬琳是操作投石機的天生高手。不過即使他們一起拋丟灰泥炸彈，還是花了好一會兒。當正午的太陽從城牆上露臉，最後一包褐色泥漿才蓋住最後一片粉色牆面。

他們走回他的煤渣磚，一起坐著。

教堂西側的牆面不再是平整的粉色，而是粗糙的石頭色，很有中世紀的氛圍。幾個袋子黏在牆上，形成散落各處的閃亮區塊，活潑的反射陽光。

喬琳說：「哇。」

拿里同意，「哇。」

肅然起敬讚嘆一分鐘後，喬琳問道：「城堡不是都有旗子嗎？」

「沒錯。」紅色格紋桌巾剪成三角形，插上棍子，就是完美的旗子了。當拿里想像旗子在城堡矮牆上啪啪飄動，他突然看到下方騎士騎著武裝馬匹衝過，聽到籠手劍相擊的聲響，聞到冒煙火堆上烤豬的香味。

喬琳戳戳他。「我是說，其他人從路上就會看到。」

「喔，我恍神了，抱歉。」

拿里叫自己停下來。不對，他並不覺得抱歉。「我恍神了，」他重來一次，「感覺好棒。不過妳講得沒錯，不能掛旗子。」

「你也不能拿泥漿塗教堂正面。」

這比較難。「好吧，」他終於答應，「現在先不要。」

37

隔天早上，拿里在橡樹上多待了一會兒，欣賞塗上泥漿的牆壁。現在教堂看來堅固強悍，像最棒的城堡，像石造拳頭從地面破土而出。

正當他要跳進園地時，聽到刺耳的汽車剎車聲，聽起來很緊急，也很熟悉。

他往後看，忍住慌張的驚呼。

媽媽。

拿里更加縮進樹葉之間，往下看。她關掉引擎。等她轉身打開車門，他從樹枝跳下來，跑到公車亭後面。

媽媽背起包包，踩著極度有目標的腳步，走向通往社區中心大門的人行道。看來她的目標是查看兒子是否在該待的地方。

「媽，」他大叫：「我在這裡！」

她轉過身，一手替眼睛遮光。「拿里！」

拿里趕忙跑出來，在人行道上攔截她。進到裡頭給暑期活動所有的小孩看到會更糟。

「拿里，我開到路的盡頭，才發現——」

「我知道，我知道。」他舉起雙手。

「——我沒有給你八月的月票。我擔心你會……」她從包包掏出一張新的公車卡。「等一下，什麼叫你知道？」

「那個……」他回頭看著橡樹。他該如何解釋？

腳踏車架哐啷作響，替他爭取到一點時間。一名女孩鎖好她的腳踏車，跳步走過人行道。拿里舉起一隻手，女孩一臉古怪的看著他，但仍朝他揮手。拿里呼吸一口氣。

「喔，我的天哪。」媽媽說：「你也發現了！你想說，『今天是八月一號，我要怎麼回家？』所以你去公車站研究！」

「其實……」拿里端詳媽媽的臉，整個夏天她額頭皺起的細紋鬆開了。

「對，」他說：「我想說：『嘿，搞不好公車站會有公告之類的。』」

她伸出手，彷彿要摸他的臉，卻又收回手，好像想起他幾歲了。

這時一輛車停在路邊，那位叫班的長脖子男孩下車，低頭朝車內的駕駛微笑。

拿里再次在班身上看到自己，不禁揪起臉。班臉上的笑容跟他每天下車露出的笑一樣，至少他真的有進去那幾天都是。那抹笑在說，**別擔心，我很好。我非常受歡迎，跟其他小孩一樣。**為什麼沒人看出他笑得多假？

長脖子男孩轉過身，看到拿里，露出真正的笑。

「嘿，班。」拿里回以微笑。

「嘿。」班說：「裡頭見。」

拿里轉向媽媽，接過公車卡。「我該走了。」

媽媽往前一步，又停下來。「這個暑假你變了好多，好像全新的你。」

拿里沒料到這句話。「媽，我真的很努力想變成新的我，我知道妳希望我改變。」

「我看得出來。每天早上我放你下車，你都很開心，從來沒抱怨暑期活動，你在這裡交到朋友。而且感覺你心裡也變了。」

「真的嗎？」

「嗯，例如提早想到公車卡的事？感覺你更在這兒了。」

「什麼叫『這兒』？」

「你知道嘛，你一直都……有點活在你自己的世界。」

活在你自己的世界。媽媽從沒對他說過，至少不是用這種指責的口氣，彷彿他應該感到羞恥。最近也有人用這種口氣說過，他不記得是誰，但當時他也不喜歡。

這個暑假他確實變了，他花更多時間活在自己的世界。結果他發現，他並不覺得羞恥。而且還發現，他真的很喜歡待在那兒。

38

拿里知道中世紀的護城河很噁心，基本上就是城堡的下水道。然而他們不是要建普通的護城河，而是讓人重生的巨大環形浴缸。不管聖水是什麼，絕對不會很髒。

「差不多該替護城河灌水了。」他向喬琳提起這件事，「我們需要放一些濾水植物進去，保持水質乾淨。」

喬琳聳聳肩。「我們答應用水淹掉鋪築地面，沒有人說水要乾淨。」她用釘子替大腿上的洋芋片花生罐再打一個洞。

「可是妳不希望妳的木瓜附近有髒水吧？我們需要濾水植物。」

「花園地勢比較高，無所謂。」

「髒水可能會引來老鼠。」

喬琳舉起鐵鎚，咧嘴露出牙齒。看來是老鼠要怕她。

拿里不打算放棄，但他暫時找不到理由了。他拿起一個罐子，今天早上才又冒出一堆。「妳從哪裡拿到的？」

喬琳朝洞穴酒吧聳聳肩。「華特。」

「這到底是什麼？罐子上的照片看起來像樹皮，吃起來什麼味道？」

喬琳朝空中微晃鐵鎚，彷彿尋求宇宙幫忙。「吃起來，吃起來……像同時吃培根、花生和薯條。」

聽起來美好到不像真的。他放下罐子，重新進行他的遠大計畫。

「汙染的水聞起來很臭。如果有臭味，別人會抱怨。如果有人抱怨……」

「喔，好啦。」喬琳站起來，一把戴上帽子，將小鏟子插回腰帶。「哪種植物？」

拿里羅列出他研究查到的植物，不過才舉了幾個例子，喬琳就不耐煩的吹起劉海，於是他放棄了。「總之，我們需要的植物長在偶爾有水、偶爾沒水的地方。」

「喔，我知道可以去哪兒。」喬琳嘟囔，彷彿有人拿槍逼她承認。「學校後面，下雨後有水，之後就會乾掉。」

「聽起來像滯洪池，我們去看看吧。」

喬琳說好，卻接著鑽進樹叢。

拿里叫道：「我是說今天。」

喬琳又鑽出來，拍拍吊帶褲的胸前口袋，小跑步到園地正面。

拿里跟著她，兩人一起翻過圍籬。

喬琳停在告示牌前，打了個哆嗦。

「沒問題。」拿里說：「我們建好護城河，艾希莉就會叫她爸爸取消拍賣。」

他點點頭，一副這個計畫很棒。

然而他心裡不太確定。

39

喬琳把食指戳過鐵鍊圍籬。

拿里順著斜坡往下看，橢圓形的池塘坐落在路旁。「那是滯洪池沒錯，從這兒就能看到溢流柵欄了。下面不管哪種植物，都是我們要的。」他用球鞋尖踩著鐵鍊，爬上圍籬。

他蹲在沼澤般溼軟的水邊，將一點植物攤在手指間。他宣布，「是水草。」

喬琳走到他身後說：「感覺是水族館有的東西。」

拿里沮喪的點頭。「我們大概得去那兒買，或者寵物用品店。我希望能買到夠，我只有四十七美元。」

喬琳氣急敗壞的說：「買到夠？」她從胸前口袋掏出黑色塑膠袋，拿起小鏟子。

拿里把兩樣都推開，嘶吼道：「這樣是偷東西！」

喬琳「哼」了一聲。她跪下來，鏟起一塊邊緣參差不齊的草皮，把富含土味的土塊丟進垃圾袋。

拿里跳起來，站在喬琳和馬路之間看哨。「好吧，但如果有人阻止，我們就要放回去。」

「不會有人阻止我們。」

喬琳說對了，沒有人來。那趟沒有，另外三趟也沒有，雖然每次拿里都心臟狂跳。「妳知道這個袋子看起來像裝了什麼嗎？人的屍體，沒錯。」每次他都警告她，「妳最好禱告警察不會攔下我們。」

喬琳說：「你花很多時間想像不會發生的事。」

拿里覺得她的抱怨隱含了一絲崇敬。當然，他可能聽錯了。

他們沿著地基邊緣塞好草皮。喬琳為每塊土貢獻了一鏟堆肥，雖然看得出來她犧牲很大。

她說：「現在我們要澆水。」

「可能不用。」拿里指向天空。一堆烏雲從西方滾滾而來，傍晚的雷陣雨提早到了。

他瞥向社區中心。室內是乾的，但……

他看喬琳抬頭，看向洞穴酒吧招牌旁樓梯頂端的門，知道她同樣也在權衡取捨她的公寓。

「別想了，」他說：「跟我來。」

喬琳朝他露出懷疑的表情，但還是跟他走上教堂地基，來到廚房的大桌子。

一道閃電劃開陰暗的天空，她趕忙躲到桌底下。

拿里匆忙跑去牆邊櫃子，抓了幾條桌巾，以及裝蠟燭殘根和打火機的盒子，再跑回來。

他把桌巾鋪在桌上，用磚塊壓住，再鑽進桌底。第一滴雨水剛好落在他肩上。

喬琳坐著，膝蓋縮到下巴。「桌子底下。」她的語氣明顯暗示這幾個字要大寫斜體，彷彿在替這個位置洗禮。她看他一一融掉蠟燭底部，在他左側地上黏成圓弧，在喬琳右側也黏成圓弧，再全部點燃。

雨水敲擊桌面，強風吹動桌子周圍的碎石，害蠟燭閃閃滅滅。一抹空氣從喬琳的花園將清新土香吹進飄散蠟味的洞穴。拿里拉緊桌巾。「妳覺得妳的木瓜還好嗎？它們長得有點……軟弱。」

「有時候軟弱一點好，才不會給風吹斷。」

一道閃電落得太近，桌底下的空氣都閃出銀光，氣味也變得發藍帶電。雷聲大作，連拿里胸口都感到深沉撞擊。他朝喬琳稍微靠近一點點。

兩道圓弧的蠟燭像括號環著他們，彷彿他和喬琳是額外資訊。

「告訴妳一項額外資訊。」他盯著膝蓋冒險說：「我爸媽希望他們的小孩不一樣。」

「告訴你一項額外資訊。」喬琳回答，彷彿她也了解括號的意義。「我阿姨希望她根本沒小孩。」

40

「切根蟲。」喬琳怒目瞪著幾天前種的木瓜樹，其中一半都癱倒在地上。她吐出一串髒話。

拿里喃喃說：「我覺得妳不該在這兒罵髒話。」

「我說過，這兒早就不神聖了。」她又罵了一句。「蟲咬斷樹莖了。史塔沃太太說我需要拿項圈環住莖部，她說用紙杯做。你有嗎？」

「可能吧。」拿里爬上教堂地基，翻起廚房的垃圾，帶著標示「聖餐杯」的盒子小跑步回來。「會不會太小？」

「不會呀。切根蟲是毛毛蟲，腿滿短的。」她交給拿里一把生銹的刀。「割掉底部，劃開側面。」

拿里將一個小塑膠杯放在煤渣磚上，開始割。

喬琳跪下來，鏟起一株蒲公英，捧去改種在正面的人行道。「蒲公英是好花，生錯位置不是它們的錯。」他第一次問的時候，她這麼回答：「它們不該因此而死。」

拿里覺得拯救蒲公英很荒謬，但他確實喜歡花兒妝點他的城堡正面。

一分鐘後她回來了。「你知道以前他們怎麼清掉紐約市的垃圾嗎？」

拿里沒心情聽她說。他低頭用刀，汗水滴下刺痛他的眼睛。刀很鈍，杯子又太滑，他割過的杯子大概一半都廢了。

「他們用豬。」喬琳說，彷彿他哀求她繼續講。「星期一，一個社區的人把垃圾丟到街上，市政府派一群豬過去。星期二，換另一個社區。就這樣。」

「喔，很好。」拿里沒有抬頭，「妳需要多少個？我的手起水泡了。」

「很好？很好？不，對豬來說一點都不好。你能想像那個年代大家都丟什麼垃圾嗎？」

拿里聳聳肩，繼續摧殘杯子。他至少知道聖餐杯應該用來裝耶穌的血。他放下刀子，抬頭看金山葵，它們似乎搖著窄長葉子，一副不贊同。

「喬琳，妳會不會覺得神聖感還在，只是躲起來了？我們應該要找出來？」

喬琳用小鏟子一拍球鞋。「豬怎麼知道有人丟的東西有毒？」

拿里回去繼續割杯子。

「或者丟的東西很噁心，像……」

當拿里意識到她要講什麼，已經來不及了。

「像人的臀骨？」

他終於看向她。「妳走火入魔了。」

「對！」她咧嘴一笑，享受得意的勝利。「你就放棄吧，快打電話給她，問她骨頭在哪裡。」

「我沒辦法。她住在附近的復健中心，可是她沒有電話。」他的拇指腹長出新水泡，拿里戳了一下。

喬琳腳跟著地蹲坐下來。「醫生在那邊拿掉她的髂骨嗎？」

拿里身邊環繞慘遭凌虐的聖餐杯，聽到問題很不自在。「不是，在別的地方。她只是目前住在那裡。」

「喔，住在那裡的其他人呢？他們有少什麼嗎？」

拿里扭捏了一下。「她的室友只有一顆腎臟，不過也許她天生就少一顆。」

喬琳的眼睛亮起來。「一顆腎臟，」她沉吟道，「還有別人嗎？」

拿里知道回答喬琳的問題沒好事，但他昨晚確實偷聽到媽媽告訴爸爸，就說出來了。「有個老人少了一條腿。午餐時間他推輪椅去找我外婆，邀她進行床上運動。她拿果凍丟他。」

喬琳鬆手掉了手裡的杯子。「髂骨、腎臟，還有一條腿？」她逼問：「都在同一個地方？」

拿里又點點頭，閉緊眼睛等待。

「查出復健中心的地址，」喬琳說：「我們明天就去。」

41

「啥？糖果棒包裝紙有什麼好玩？」

喬琳小心翼翼在長椅上撫平包裝紙，彷彿在碰藏寶圖。

拿里拉低帽子。自從喬琳做了決定，他每分鐘都很緊張，擔心可能出錯的每件事。他第一百次安撫自己，只要喬琳和大人物別見面，應該就沒問題。

他冒險回頭瞥了一眼社區中心。午餐時間，桑切斯小姐應該忙著避免小孩發射牛奶盒飛彈，不過永遠不能掉以輕心。

喬琳在他身旁低頭看著包裝紙。

「以前我家隔壁住了一隻貓，」他說：「牠會盯著牆壁好幾個小時，我們認為牠小時候一定撞到頭。」騎士準則第五條：**汝永遠不應恣意攻擊**。拿里知道他在恣意攻擊，但他就是忍不住。

喬琳將一隻手指擱在包裝紙上，抬起頭。她的墨鏡看來像兩片冰塊。「或者牠可能是天才。也許牠發現如果盯著牆夠久，你就不會煩牠，讓牠當貓，而不是希望牠變成別的東西。」

拿里查看手錶，公車還要兩分鐘才會到。「我不會這麼想，我不做這種事。」

「你當然有。你希望殘破的教堂變成城堡，你希望一堆壞掉的烤盤變成盔甲。我看到那片紗網了，你希望一些碎玻璃變成珠寶窗戶。你希望世界公平，但世界不是。」

拿里無法反駁最後一點，他確實希望世界公平。大多數人不想要世界公平，實在太不公平了。「妳覺得我的窗戶看起來像珠寶？」

喬琳撫平包裝紙，彎腰靠得更近。

「說真的，妳在做什麼？」

她噴氣吹開劉海。「我想知道這張包裝紙從哪兒來，它的過去。例如紙是來自北方的蘋果樹嗎？藍色顏料是來自西方的綠松石嗎？萬物過去都是別的東西。有時候如果你仔細看，就能看到一樣東西的整個故事。」

公車排著廢氣開來。喬琳把包裝紙丟進垃圾桶。拿里跟著她上車，陷入沉思。他看路邊房子晃過，每一棟的建材以前都是別的東西。

「喬琳，如果萬物過去都是別的東西，那麼萬物未來也會成為別的東西。」

「當然，這就叫回收。」

「連人也是。」

「人尤其是。」

42

「萬物過去都是別的東西，未來也會成為別的東西。」在公車上，這個想法在拿里腦中爆炸展開，以至於他都忘了要擔心帶喬琳去復健中心。不過他才走進新視野復健中心明亮的大廳，他就想起來了。他回頭用眼神警告她。

喬琳交握雙手，舉到下巴，無辜的眨眨眼。完全無法讓人安心。

櫃台後方的女子在吃蛋沙拉三明治。他對她說：「我們來拜訪我外婆。」女子停下來，三明治懸在空中。她圍著淺藍色圍巾，上頭可見黃色汙漬，彷彿她很常吃蛋沙拉三明治。她的黑色睫毛起伏，下方瞇起的眼睛像小碎片，看似透過一窩蜘蛛盯著他。

「我外婆。我們來找她。」拿里再說一次，然後他講出大人物的名字。蜘蛛會讓他緊張。

女子放下三明治。「有沒有這麼貼心。」不知為何，她讓這話聽起來像她真的意思是「老娘想好好吃午餐，居然給我來一個大麻煩」。她把夾板推過桌面。「在這裡簽名。」

拿里填入他們的名字，然後轉身。

喬琳已經橫越半個大廳了。拿里丟下筆，追上她。

「不准亂跑，妳只是來蒐集……妳要的資訊。好，我們最後應該回來大廳集合，約——」

「垃圾桶！」喬琳指向一條旁支走廊。

然後她就跑走了。

43

拿里站在門口，深深意識到他多麼想念外婆。

房內的床有鐵欄杆，像巨大的嬰兒床。大人物躺在她的床上，看來好渺小，像有皺紋的嬰兒。直到這一刻，他都沒有懷疑她戴假髮，現在假髮掛在床頭櫃的燈上。她的頭皮長滿灰色的柔軟絨毛，彷彿有皺紋的嬰兒身上積了灰塵。

她從鼻子微微打呼，脖子的肌膚隨之顫抖，他看了感到胸口發疼。當初需要時，他沒能守護外婆的弱點，但現在他可以了。他躡手躡腳進去，輕輕把棉被拉到她的下巴。

大人物驚醒過來。「喔，拿里！難得看到你真好。」她看向門口。

「我自己來的，媽媽要工作一百萬個小時。」

「沒錯，他們倆都是，真可憐。」大人物拎起燈上的假髮戴上，她看起來馬上就像自己了。頭髮的魔法。

「大人物，對不起那天晚上丟下妳一個人。」他開門見山說：「我應該要知道妳可能會跌倒，我應該——」

大人物揮揮手不當一回事。「別開玩笑了，你怎麼可能知道？」他怎麼可能知道？這是個好問題沒錯。「不過我希望我知道，這樣或許妳就不會在這兒了。大人物，這裡很糟嗎？」

「喔，不會呀，這裡還好。」大人物朝門口歪歪頭。「雖然有人認為她偶爾應該能吃一點培根。」她的聲音夠大，害路過的一名勤務員咯咯笑了。

拿里坐進床邊的紅色塑膠椅，朝另一張嬰兒床歪歪頭。「妳的室友呢？」

「去做透析了。」

他指向外婆後方看似電視螢幕的東西，上頭閃爍彎曲的線。「那是什麼？」

「那個？喔，那是證明。」

「證明？」

「證明我活著。今天早上我有點頭暈，他們就替我接上機器了。在這裡啊，」她又靠向門，一手圈在嘴旁，「一點培根都吃不到，還要證明自己活著。拿里，可以拿我的袋子給我嗎？」

拿里把包包交給她，她在裡頭翻找一陣，找到口紅。她塗口紅時，他思索哪種地方需要人證明自己活著。顯然不是好地方。「妳很害怕嗎？」

「你說這個嗎？」她拍拍身體兩側。

拿里點點頭。

「我想有一點吧。不過後來你媽媽來了，不用孤單一人真的很有幫助。還有薩爾太太，她幾乎沒離開我身邊。現在每週她都來看我兩次，真了不起，開車單程要兩小時呢。」

拿里沉下臉，但他趕忙調整表情。

「我看到囉，你對麗塔有什麼意見嗎？」

拿里扭扭身子。「她對我才有意見。」

大人物揮揮手。「喔，她只是有點尖酸刻薄。」

拿里知道他應該算了。他是來讓外婆心情好一點，不是惹她不開心。可是騎士準則第八條說「汝面對不公平皆應奮戰」，現在他就碰到了。「那拜訪隔壁房間的雙胞胎女生呢？薩爾太太替她們做蛋糕，我親眼看她拿過去。她對女生就很好。」

大人物拍拍棉被，尋找床的遙控器。她按下按鈕，莊嚴的坐起身，直到她直直看著拿里的臉。「那兩個女生很安靜，幾乎不出門，只有一次在露台玩益智遊戲。天知道，或許麗塔喜歡安靜又不見蹤影的人。」

拿里用手指敲打椅臂。他真的應該算了，但他做不到。「不，我覺得她不喜歡我。」他突然想起誰用指責的口氣說他活在自己的世界。他爬出泳池時，薩爾太太說的。「大人物，她表現得一副我做錯事了。」

「如果你這麼想，下次見到她，你應該問她。好，說到安靜又不見蹤影的女孩，你的朋友是誰？」

拿里感到臉紅了。「我的朋友？」

「你進來之後，她都在走廊上鬼鬼祟祟，偷看房間。吊帶褲，金頭髮，看來需要好好吃頓飯。」

拿里站起身，探頭到走廊上。四下不見喬琳的蹤影。「妳看到她？」

「你看上面那些鏡子？」

他抬起頭，點點頭。

「鏡子讓勤務員能看到擔架繞過轉角，免得相撞。我可能不小心用拐杖調整了幾面，現在我能看到這層樓發生的每件事。」

「喔，好吧。她是跟我來的沒錯，但她不是我的朋友，而且她絕對不安靜。」

「是嗎？」大人物的身形似乎變大，彷彿不久就塞不進嬰兒床了。「好吧，叫她進來，偷偷摸摸的小鬼。我們聽聽她有什麼好說的。」

拿里嘆了一口氣，還是站起身。大人物一旦做了決定，就無法叫她放棄了。

他在大樓後方的垃圾桶旁找到喬琳。他扯扯她的吊帶褲，她滑坐在地上。

她舉起手臂給他看一支彈弓，彷彿在展示鑽石手鐲。「這些人實在是，就這樣丟掉。」

「外婆要我來找妳，我可以說妳走了。」

「她想見我？」喬琳扯下彈弓，塞進口袋。

「她講話有點直接，」拿里警告她，「她什麼都想知道。」

「我也是。」喬琳說：「或許我終於能找到一些答案。」

44

拿里沒猜到喬琳有禮貌多了。拿里介紹她後，她說：「很高興認識妳，今天外頭真熱，他們對妳的舊臀骨做了什麼？呃……請告訴我，太太。」

大人物拉拉她的假髮，彷彿假髮突然太緊。「這個嘛，嗯。我用這對臀骨七十一年了，我不知道為什麼我沒想到要問他們把骨頭拿去哪兒。」

「沒關係，太太。」喬琳的語氣盡在舒緩安撫人。「不過現在妳能問一下嗎？謝謝妳，麻煩妳了。」

大人物搖搖頭，看來真的很惋惜。「我在老家的醫院動手術，只在這裡休養。好，跟我說說妳為什麼想知道？」她朝喬琳挑起眉毛。

拿里喃喃說：「喔，糟了。」

大人物瞪他一眼，令他想起以前他很怕她。她笑著鼓勵喬琳。

不可思議。他的親外婆，居然跟她剛認識一分鐘的陌生人站在同一陣線。

喬琳正襟危坐。「東西用一用會變舊或壞掉，或者太難維護，但不代表就是垃圾。我想知道大家丟東西的作法是否正確，是否尊重。太太。」

大人物點點頭。「非常高尚的想法。」

喬琳朝空床抬起下巴。「不好意思，妳的室友呢？妳知道她的腎臟去哪兒了嗎？」

「抱歉，我們還沒談過這件事。這樣吧，我跟妳說，這裡有個傢伙知道很多，他叫富蘭克林，負責送餐和整理被子。他以前在坦帕市的大醫院工作。去找富蘭克林，他能給妳一些答案。」

喬琳喃喃說了一串「太太謝謝妳」後，拔腿就跑。

「她很在意大家怎麼丟東西。」她離開後，拿里抱歉的說：「好像覺得垃圾有感情一樣。」

大人物精神一振。「為什麼？」

拿里聳聳肩。

「你沒問過？」

聽到這個糟糕的主意，他只能擠出一聲「哈！」。

大人物歪過頭。「跟女朋友處得不好嗎？」

「不是，她不是我的……她住在社區中心後面，我只是幫她做園藝，就這樣。」他站起身，從窗戶往外看。這一串問題可能逼近他每天去哪兒的話題，太危險了。「下面那棵樹很漂亮，妳看過嗎？」

「她的家人怎麼樣？」

「她跟阿姨一起住。我敢打賭很多鳥停在那棵樹上。妳知道沙丘鶴重快五公斤，而且降落時腳先著地嗎？」

「阿姨？她的爸媽呢？」

「我不知道，我只知道她阿姨不想要她。」

大人物坐起身。「太糟糕了，不能接受啊。她阿姨為什麼不想要她？」

拿里攤開雙手。

「拿里，她大老遠跟你來，你對她不了解的地方也太多了。」

「可是……喬琳。如果她想跟我說，她會告訴我。」

「聽起來像是你的假設，拿里，不要對別人有所假設。或許她猜不出來你有興趣。多問永遠不會錯。」

拿里思索一陣。或許他可以試試，但還是算了。

他拉出椅子，但大人物揮手趕他。

「你去找她吧，我累了。不過改天再來，記得帶上她喔。」大人物把床降低，頭靠著枕頭。證明用的機器發出安撫人的嗶嗶叫。她閉上眼睛笑了。「偷偷摸摸的小傢伙。」

電梯門關上時，拿里都還聽見她低聲輕笑。

45

整整一週，每天早上拿里都去檢查水草。新植物似乎不生氣遭到綁架，但也不特別開心。他每天都拿攝影機去拍，每天它們看來都一樣：又溼又綠。

新牆在他們周圍愈蓋愈高，像焦慮的群眾踮起腳尖想看清楚。牆建好後，拿里開始拖時間。「九十公分高的水很多，水壓很大。」他說：「為了以防萬一，我們在深的這段需要造一面輔助牆。」

他們在第一面牆的內側建了第二面牆，用垃圾袋裝的碎石填滿中間的空隙。

那週每一天，拿里繼續檢查水草。

還是又溼又綠。

拿里想起外婆房間的證明機器，他也想替水草裝一台。

終於，終於有一天，他注意到哪裡不同了。他倒帶回到拍攝的第一天，確定清楚，才跑去找喬琳。「妳看邊緣？」他問道：「綠色是不是比較淡？」

喬琳跪下來，推高墨鏡，仔細檢查。「沒錯，它們又開始長了。」

「它們又開始長了！」他歡叫一聲，朝天舉起雙拳。「我們做到了。生命！」

喬琳吹開劉海，翻了個白眼。她嗤之以鼻說：「生長又不是你發明的。」不過她很努力忍笑。

他輕扯水草的嫩枝，小植物站得很穩，似乎在說：「我哪兒都不會去，我就喜歡這裡。」

「時候到了，」他宣布，「我們替護城河灌水吧。」

46

「妳都沒問？這麼久了，妳從來沒問？」

「不就是水，水不用錢啊。」

拿里雙手抱胸，瞇起眼睛。

「喔，好啦。」喬琳說：「我們去問華特。」

拿里抬頭看著洞穴酒吧的招牌，火鶴的鳥喙突然顯得非常尖。「我們？」

這下換她雙手抱胸，瞇起她的眼睛。

「好啦，我們一起去。」拿里跟著喬琳翻過籬笆，越過停車場。喬琳拉開後門，大步走進去，但拿里停下來做心理準備。他要走進酒吧了，真正的酒吧。他想把所有細節都刻進記憶裡。

酒吧涼爽陰暗。趁眼睛還在適應，他嗅起周遭的氣味：啤酒，還有聞起來曾是啤酒的味道。接著是聲音：呼呼轉的風扇，互相碰撞的撞球，歌詞似乎只有「少了你你你你……」的歌。

吧檯本身是L型的木頭，後方鏡子照映出幾百個酒瓶。

還有兩個小孩。喬琳看來就像她，但拿里害臊的發現他看來可以去試鏡雲霄飛車廣告了。他閉上嘴巴，眨眼讓眼球回到眼眶。

吧檯後方高壯如熊的男子用嵌在鏡子上的龍頭裝滿馬克杯。他剃了頭，彩虹刺青環繞脖子，像滑下來的光環。他在鏡中抬起頭，朝喬琳眨眨眼。「嘿，小豆芽。」他回頭說：「妳跟妳的朋友拉高腳椅出來坐，我馬上來。」

拿里及時看出他在開玩笑，因為高腳椅都鎖死在地上。他希望他的輕笑很有男子氣概。

喬琳一臉困惑的看著他。她爬上高腳椅，他坐在她旁邊的位置。

酒保走過來，傾身向前。他雙手攤放在吧檯上，跟棒球手套一樣大。他問道：「老樣子？」

看到喬琳點頭，他抓了兩個馬克杯，從龍頭灌淺色冒泡的飲料進去。他在杯緣插了幾片柳橙薄片，把馬克杯放在杯墊上。搞笑的杯墊寫著：「乾杯！」

喬琳問道：「華特，我們可以要點水嗎？」

華特朝拿里歪歪頭。「我們是誰？」

「他是拿里，我跟你提過他。」

華特說：「很高興認識你，拿里。」他又拿起兩個馬克杯，走向水槽。

「不是，我是說外面。」喬琳阻止他，「我們可以用你們水管的水嗎？」

「當然可以，小豆芽。外頭好熱，妳想用多少都行，不需要問我。」

喬琳朝拿里露出勝利的表情。拿里拿起他的馬克杯。他在酒吧喝的第一杯飲料，薑汁汽水。嘗起來完全不同，比他喝過的任何薑汁汽水都好喝多了。搞不好其實是香檳。

喬琳低頭喝飲料，華特則伸懶腰，瞇眼看向遠方牆邊的雅座。拿里覺得他看來有點擔心，不過華特笑著傾身靠近喬琳。「儲藏室有更多罐子給妳。妳去拿的時候，幫我壓扁盒子，拿去回收好嗎？」

喬琳抓起她的馬克杯，推開一扇雙開彈簧門出去。

坐在吧檯盡頭的光頭男子舉手叫道：「嘿，華特，再來一杯。」

華特離開後，拿里旋過身查看其他客人。四名男子在玩桌球，隔著幾個高腳椅，兩名身穿綠制服的傢伙低頭抱著啤酒杯，兩名年長女子靠在高腳桌旁玩牌。加上光頭男子，總共九個人。

就在這時，雅座後方冒出另一名女子的頭。她亂翹的頭髮看來像皇冠，拿里沒見過這麼黃的頭髮，但中間是黑色。她從綠色酒瓶啜飲一口，視線緩緩掃過室內，又重重躺回去，彷彿眼前的景象令她疲憊不堪。

所以總共有十個人，加上他和喬琳就是十二個人。由於室內到處都是鏡子，看起來人更多。拿里判斷來酒吧的人一定很喜歡看自己，因為除了吧檯後方的大鏡子，牆上也掛滿了鏡子，全都用華麗的金色字體廣告啤酒。有些鏡子也是時鐘，拿里很訝異有人會想看時間從自己臉上劃過，不過酒吧還有許多謎題尚未解開。

他將高腳椅轉回來面對吧檯，並注意到先前忽略的一樣東西：桌上每隔幾十公分都擺著藍色塑膠碗。

洋芋片花生，終於給他找到了。他探向最近的碗，但這時華特回來了。

「抱歉，我的顧客有敏感的問題，需要講給我聽。」華特扯扯他的耳朵。「基本上，我的工作就是專業聽眾。當然還有偶爾提供清新的飲料。」

拿里指向桌上的小碗。「還有洋芋片花生。」他偷偷捏一下大腿側面。他在真的酒吧，跟真的酒保聊天。

華特一彈手指。「對！想釐清問題時，千萬別小看嚼東西多有幫助。」

華特拿起白抹布，開始慢慢畫正圓形，擦拭木頭桌面。「假設你進來，我端飲料給你，然後問：『老兄，怎麼樣？』你喝了一口，然後說：『還行，華特，謝謝。不過我有個問題。』好，拿里，你有個問題嗎？」

拿里熱切點頭。其實他有好幾個問題：媽媽、喬琳、薩爾太太。

「好，洋芋片花生這時候要登場了。」他把藍色小碗滑給拿里。「拿一把，甩進嘴裡，嚼一陣子，同時想你的問題。」

拿里甩了一把到嘴裡。如喬琳所說，味道確實像同時吃培根、薯條和花生，他沒吃過這麼好吃的東西。他若有所思嚼了又嚼。

華特說的沒錯，這確實幫他釐清了問題。

「大家對我有很多期待。媽媽希望我像她，她討厭獨處，所以她覺得獨處對我也不好。」他開始說：「但我不是她。」

「唉，老天，可不是嗎？」華特點頭的樣子，似乎在同情世上所有的不公不義。

拿里嚼起另一把洋芋片花生，正打算提他對喬琳發的誓，但她推開彈簧門走了進來。

她懷裡抱著一堆罐子，四處張望，朝出口點點頭。

拿里喝完他的汽水，掏出皮夾。

華特揮手要他收起來。「老兄，我請客。」

拿里用較低的新聲音說：「謝謝你，華特。」這才滑下高腳椅。

拿里轉開水管噴嘴。他和喬琳低頭盯著水流進廣大空曠的護城河一會兒。

他帶著希望問：「也許水龍頭沒有全開？」

喬琳搖搖頭。「開到底了。」

他順著喬琳的視線，從水管往上看向她的木瓜樹，再到掛著拍賣告示牌的正面圍籬。他可以讀到她的情緒，彷彿印在他自己心上。

「每件事都太花時間，」她說：「除了花的時間不夠的事。」

「唉，老天，」拿里說：「可不是嗎？」

47

喬琳掏出刀，砍斷一株木瓜的根部。

拿里坐在植物旁，放下攝影機，抓住腳踝。

「只有雌株會結果實。」喬琳解釋，「要開花才分得出雌雄。你看這裡？雄株的花會散開，有點像細線。雌株的花比較肥厚，靠近根部。」

拿里看向剩餘的植株，它們開心成長，不知道有一半在浪費時間。「所以……怎樣？妳發現哪些是男生，應該說雄株，然後就殺光它們？」

「幾乎全部，我會留下幾株授粉。」她砍斷另一株，似乎只有拿里聽見植株倒下時發出遭到背叛的哭喊。

「無法結果實又不是它們的錯，」他試著解釋，「它們不該因此而死。或許妳可以把它們種到別的地方。」

喬琳搖頭。「木瓜無法移植，它們的根不喜歡受到干擾。所以我才先種在罐子裡，等到我知道要保留哪些，就能把植株從罐子滑出來，不會傷到根部。」她抬頭看向她的公寓。「有些人在一個地方扎根後，就不喜歡被趕走了。」

拿里知道她想講的是植物，不是人，但現在他不在乎。「好吧，這不公平。」

喬琳放下刀子，露出喜孜孜的驚訝笑容，一拍額頭。「我老是忘記！我們住在神奇公平世界！」接著她皺眉擺出小丑的悲傷表情，又拍一下額頭。「喔，不對，該死。我們還在現實世界。」

拿里感到胸口響起一聲咆哮，真正的咆哮。「妳幹嘛在乎？我住在神奇公平世界又怎樣？」

喬琳凶殘揮刀，砍斷另一根莖桿。「你不夠務實，你希望東西能神奇的變成不同的樣子。你必須務實，才能在這個世界生存。」

拿里不安的扭動。「妳說『生存』是什麼意思？」

「撐過去，撐過人生。如果你不注意看，人生會壓垮你。」

拿里四處張望。周遭都是壓扁的遊樂器材，只讓狀況顯得更糟。這塊園地還沒注意看到它的未來。

「我該怎麼辦？」

「睜大眼睛，注意人生是否來壓垮你。」

拿里起身，往下走去護城河。

喬琳八成沒錯，她通常不會錯。她說對了洗禮池，第一天晚上他就確認過了。他也查了耙工和黑死病，她說的都沒錯。她還說中有人會闖進垃圾場，沒有人在乎你偷水草，還有酒吧的水可以免費使用。

喬琳每件事都說對了。所以他需要重生，而且不只要拿到成績單寫「拿里外向又正常！」，過有目標的人生，關照他的外婆，還要懂得睜大眼睛，注意人生是否來壓垮他。他要當務實的人。

他舉起往巨大重來浴缸灌水的水管。據他所知，水管的水只是普通的水。依照喬琳所說，牧師對水說了一些重要的話，把水變成聖水。

這塊園地上，他和喬琳是最接近牧師的人選。水其實來自洞穴酒吧，所以華特應該也有份。

他先說喬琳的話。「萬物過去都是別的東西。」

「唉，老天，」他替華特補上，「可不是嗎？」

他想了一分鐘他要貢獻什麼話。最後他說：「如果講的是人，外面也是裡面的一部分。」或許文字並不重要，但這些都是事實。

48

水流了三天三夜。

第四天早上，拿里來到園地，差點像第一天從橡樹摔下來。

拿里打開攝影機，跳到地上，飛快跑過院子。他關掉水管，跑上吊橋。

他們做到了。教堂周圍真的不再環繞害死鶴的鋪築地面，而是無害的水。透過攝影機鏡頭，水像液狀藍寶石發光。

拿里希望身後有椅子，因為他突然非常需要坐下。然後他發現挺棒的一件事：他身後確實有椅子。

他身後其實有一排又一排的椅子，一排又一排很長的椅子，現成就能坐一大群人，欣賞萬物的奇景。

他找到一張長椅的一端，開始清掉上頭的木瓦、板子、紗窗、絕緣材料和一塊塊水泥。他清掉幾十公分，仍繼續清下去，因為騎士準則說：汝開始任何壯志便應該堅持到底。

他清乾淨整張長椅，接著從掃除櫃拿出幾條抹布和清潔劑，把木頭擦洗得閃閃發光。

他坐在長椅正中央。前方長椅椅背上有一塊黃銅牌子，刻著「看哪！」幾個字，感覺像命令。

拿里雙手交疊放在大腿上。他抬起視線，透過牆面縫隙望向閃耀的護城河。

然後他坐著看哪。

49

喬琳到的時候，拿里命令她，「看哪！」不過喬琳跑進園地以來，就一直在看了。

「哇。」她坐在長椅上，在他身旁呼吸一口氣。「而且沒有漏水？」

「有些地方有漏，我會補好。我們讓水管繼續滴水，況且每天都會下雨。」

彷彿要證明他沒錯，一團烏雲飄來，拖著下雨的水幕。

算他運氣好，因為拿里有問題想問，而「桌子底下」的喬琳會回答。「桌子底下」的她會摘掉墨鏡，他能直接看進她的靈魂。

他起身領頭走去。點亮蠟燭後，他問：「妳說大家被丟進水裡後，又變回老樣子，例如又去酒吧。妳怎麼知道？」

喬琳扭扭身子。「我只說有一個人這樣。」

「可是妳怎麼知道？」

「我的窗戶就在酒吧的停車場上方。」

「好吧，那妳怎麼知道其他的事？妳說他們還會打小孩，把房租拿去喝酒？」

拿里直直看著她的眼睛，看進她的靈魂。

他看到可怕的東西躲在裡頭。他發現那個人是誰了。「妳阿姨。」

喬琳在胸前舉起拳頭，勇猛如卡通人物。「我快比她高大了。」

拿里發現他也彎起手臂，彷彿他們是隊友。「把房租拿去喝酒呢？」

「等我的木瓜成熟，我們就永遠不缺錢了。」

拿里好一會兒說不出話。他不知道喬琳的家有危險。「妳不會失去妳的花園。」他希望他的口氣聽起來比實際肯定。

喬琳點頭。「我不能失去我的花園。」她往前傾，瞇眼直直看著他的眼睛，好像要試圖看進他的靈魂。「是說你怎麼這麼有興趣？你想重生嗎？」

拿里撇開頭。現在他需要像鏡子的墨鏡，或者一對瞬膜。

他把視線對準蠟燭。「當然沒有，反正統統都很蠢。重來浴缸，哈。還說什麼聖人和天使。」

「是啊，不過聖人除外。」

拿里笑了。「我以為妳很務實？」

喬琳聳聳肩。「聖人是真的，我每天都見到一位。」

喬琳才離開去希臘市場，拿里就大步走向護城河。他開始脫上衣，不過及時想起來，**牧師把他們連人帶衣服丟進去**。

他涉水走到護城河最深的地方，花了一陣子，站得文風不動。

把我變成不同的人，他盡量努力想，**把我變得正常**。

他讓肺吸滿空氣，盡可能用充滿希望、重新開始的態度，往後一倒。他閉緊眼睛，畢竟在這種改變人生的時刻，四處張望享受景色感覺不對。然後他站起來。

拿里評估自己。他感到涼一些，沒那麼髒兮兮，身上的蚊子叮咬也不癢了。

可是他「裡面」有感覺不一樣嗎？

不，沒有，他感覺完全一樣。

他扛著身子爬出水面，走上後方階梯。

他站著滴了教堂地上一攤水，並意識到：他確實感覺不一樣了。在園地裡，他第一次感到難過。

50

「我爸爸說他沒辦法命令銀行做事，他只是市議員。」

一揮，一撞，砰。眼看他失敗的誓言粉碎成沙，拿里真的悶哼出聲。喬琳在他旁邊踉蹌倒退一步。

他挺起身，擠出一聲抗議。「可是我們放水淹掉鋪築地面了。妳看！現在鶴不會受傷了，我們不是說好了？」

「呃……他是市議員？」艾希莉重複一次，「一樣市議員做的是城市相關的工作，像規畫和編預算？」

聽到這兒，拿里感到腦中傳來微小的喀嚓聲，宛如小鑰匙插進好主意。

他還沒能多想，喬琳就打斷他的思緒。「是『一位』才對。妳爸爸是一位市議員，做城市相關的工作。除非妳爸爸是東西，不是人？他是東西嗎？」

拿里沒料到喬琳的攻擊，但他不該感到驚訝。有時城堡守軍往下朝進攻敵軍丟石頭，敵軍會撿起石頭丟回來。他只是從未想到文法可以當作武器。

「我爸爸是人。」艾希莉恢復鎮定說：「但他不是銀行的大頭。」

喬琳朝她投以長矛般的眼神，堅毅又銳利。「所以就是沒用的意思。」她打死一隻蚊子。

這時一群白鳥降落，踩著粉色長腿，開始很有目標的大步走上斜坡，走向木瓜，粉色長鳥喙啄著地面。

喬琳摘下帽子，準備衝過去。

艾希莉擋在她面前。「等等，妳應該讓朱鷺留下來，牠們會吃蟲。」

「切根蟲？」喬琳質問：「牠們會吃切根蟲嗎？」

「那是一種蟲嗎？當然，牠們會吃蟲。」

「切根蟲是毛蟲。」

「呃……毛蟲？對牠們來說就像爆米花吧。」

喬琳退下去，不過拿里看得出來她會密切注意朱鷺。那些鳥兒什麼壞事都做不得。

艾希莉趕忙跟上鳥群。「小鳥兒，」拿里聽到她安撫牠們，「這是你們的地盤了，我會守護你們。」

喬琳轉向他。「現在怎麼辦？你說『我發誓』，你說『艾希莉會叫她爸爸阻止拍賣』。真棒的計畫啊。」

拿里用力吞口水。「這個嘛，那是計畫A。」他附和道，「計畫B可能有點不同。」

幸好喬琳還來不及問計畫B是什麼，艾希莉就回來了。她在頭周圍擺擺手。「鳥也能幫忙除掉蚊子，一隻紫燕一天就能吃一千隻蚊子。」

「希望能飛來幾隻囉。」拿里抓抓手臂上的咬痕。「這個禮拜蚊子真的有夠多。」

「這個嘛，廢話……死水耶？」艾希莉朝護城河揮手。「你們在這兒造了蚊子工廠。」

死水。

原來如此。每週拿里的爸爸都會掃蕩院子，掀翻可能積水的葉子和瓶蓋。

「所以如果水會動，蚊子的卵就不會孵化，對吧？」

他的報告第十一頁第二項：汝應永遠準備幫助有需要之人。

他的時候到了，他準備好了。

他抬高下巴，挺起胸膛，脫掉上衣，勇敢跳進水裡。

騎士精神。到頭來也沒那麼扯。

51

隨後幾天，想出計畫B占掉拿里大部分的時間。

構思過程非常大快人心。大多數情境都包含推土機前來剷平園地時，他把自己綁在教堂廢墟上，或躺在喬琳的木瓜樹前。他會與機器對峙，面對危險毫不害怕。如果四周能環繞屏氣凝神的崇拜群眾，包括國家電視台的組員，那就太理想了。

每個情境中，機器都退下了。喬琳對他的崇拜永無止境，她會發出輕柔的咯咯笑聲，或許甚至會再握他的手。

不過他知道有個問題。即使他有勇氣堅持到底（他不完全確定），爸媽一定會堅決反對小孩挑戰推土機，尤其如果是他們唯一的小孩。過度保護：身為獨生子的許多缺點之一。

一直以來，拿里都希望有弟妹。

不管是弟弟或妹妹都好。媽媽就不會有多餘時間管他，她會忙著安排餵食、午睡和換尿布的時間，大一點之後則是規畫玩樂聚會、芭蕾舞課和忍者營。

他的弟弟或妹妹還會瘋狂喜歡運動，所以爸爸終於能跟他想要的孩子坐在沙發上看球，不像他總是記不起來局、盤和節的差別。

或者可能反過來，也許新來的小孩會比他更令人失望。爸媽會意識到：**我們應該更欣賞拿里，他做自己就很棒了。**

有弟妹的唯一問題就是他的房間。臥房是世上他唯一有點隱私的地方，每當他關上門，體內所有細胞都會鬆一口氣。如果沒有自己的房間，他不認為他能撐過來。但他還是希望有弟妹，一直以來都是。

拿里搖搖頭回到現實。他得想出計畫B。

有時他覺得答案彷彿就在那兒，近在眼前，觸手可及。可是他手邊眼前只有一台毫不特別的二手攝影機。

52

鳥兒仗著高度優勢，馬上發現了護城河。拿里喜歡想像第一隻鳥在空中誇張的回頭，像卡通一樣伸直雙腿剎車，翅膀往後猛轉，然後把話傳出去。

話傳得很快。同一天就有一隻大蒼鷺飛來，趾高氣揚走在牆上，兩隻鸊鷈繞著水圈划水，還有一群看來像黑白剪刀的鳥兒掠過水較淺的那端。

隔天，一群聒噪的長尾鸚鵡安穩停在三棵金山葵上，像鮮豔的小萊姆。之後牠們每天早上都來，待上幾分鐘，他和喬琳的每個動作都會引來刺耳的騷動。

鳥兒出現不久後，其他動物也來了：兔子和青蛙，花栗鼠和松鼠，蜻蜓、甲蟲和蟾蜍。

護城河灌滿水整整一週後，有隻動物姍姍來遲爬進園地，著實好笑。拿里趴在烏龜旁邊，把攝影機舉到臉前。「你怎麼這麼久才來？」

烏龜晝著威嚴的弧線抬起頭，直直看進鏡頭，眨了一隻眼睛。

拿里用一片葉子拍拍烏龜的殼。「我冊封汝為眨眼騎士，我們歡迎您。」

並非所有來訪的動物都受歡迎。有天早上，喬琳發現最新加上的堆肥被偷走了。看似人類小手掌的痕跡一路通向護城河。

「浣熊。」拿里指認罪魁禍首。「他們喜歡洗食物。」

他綁起五面紗窗，把籠子放在堆肥上，再用木板壓住。「妳拿得起來，但浣熊沒辦法。」

喬琳吹開劉海，端詳他。短短一秒，他在鏡子般的鏡片反射中，看到一名還可以的小孩。

53

艾希莉開始幾乎天天早上出現。她說她喜歡來挖地，可能也沒錯，畢竟每次交給她鏟子，她看來都像忍不住要放聲高歌。

但拿里發現，她其實在把園地變成鳥兒的庇護所。她把土裡翻出來的蟲子像小禮物撒在各處，在護城河牆上疊起麵包屑、葡萄乾和葵花子。有一天，他看到她在園地周圍撒了一圈紅色的東西。「卡宴辣椒。」她解釋道，「貓很討厭？牠們腳掌不想沾到？」

拿里喜歡她在這兒。他喜歡她總是顯得很乾淨，即使身上沾到一絲塵土，看來也像故意的，像穿戴首飾。他最喜歡她說話語尾上揚，讓不是問題的句子聽起來也像問句。他因此覺得受到接納，好像她想知道他的意見。

然而喬琳一有機會就找她吵架，害拿里愈來愈介意。

有一天他告訴喬琳，「我的兩個烈祖父曾想殺掉彼此。」

他吸引了她的注意。「為什麼？」

「這個嘛，因為南北戰爭，他們在敵對雙方。可是他們不知道我，不知道他們有共通的未來。」

「你認為我和艾希莉有一天會一起生小孩？」

「可能喔。不是啦，我是說，或許妳們有些共通點，只是妳還不知道。」

聽到這個蠢想法，喬琳氣急敗壞吹開劉海。

「妳到底對她哪裡有意見？」

喬琳扯下巨大的工作皮手套，丟在地上。她的動作讓拿里想到騎士丟下護手套，當作對戰戰帖。

「她跟你一樣，住在神奇公平世界。她不喜歡什麼，她爸爸就幫她處理。只是不像你，她真的能住在那個世界，因為她有錢。」

拿里想了一下。他撿起手套，表示接受挑戰。「可是她爸爸什麼都沒處理。她自己來園地幫忙，還忙著照亮其他地方，都為了那些鶴。」

「喔，她才不是為了那些鶴。有錢女生幹嘛在乎鳥兒？」

「或許因為她在乎鳥兒。」

「才不是。她八成要交學校報告，或要寫作文，表現她救了鳥兒很厲害，申請大學的資料才好看。」

聽起來像你的假設，不要對別人有所假設。拿里腦中聽到大人物的建議。不過他把手套還給喬琳，表示他不再戰鬥了。喬琳知道世界怎麼運作，她通常不會錯，然而他還是希望這次她錯了。

54

「嗯嗯……」賽舅舅更靠近螢幕。「嗯嗯……」

他從大人物那兒過來，才把袋子丟在沙發上，就要求要看拿里的影片。自此之後他就一直來回反覆觀看。

舅舅緊盯螢幕，拿里則緊盯舅舅。他戴銀框眼鏡，左耳有一枚銀色耳釘。他穿黑色牛仔褲和某種絲質材料的黑色上衣，不像拿里的衣服材質粗糙。

拿里的媽媽每年秋天開學前都會要他買新衣。他會請她買黑色牛仔褲和黑色上衣。她絕對不會讓他打耳洞，但他會試試看。

賽舅舅終於停下影片，往後靠。他指著螢幕。「你一直切到那三棵金山葵的畫面。」

拿里不知道他在稱讚還是批評。「這個嘛，它們一直都在。」他解釋道，「不像園地的其他東西一直在變。」

「可是你看？它們也會變。」他往回倒轉。「例如這裡，它們在陽光下優游自在，一切都很好。可是我們看到拍賣告示牌後，你切到它們揮來甩去的樣子，彷彿焦躁不安。為什麼？」

拿里暗自記下要多用「優游自在」和「焦躁不安」這種詞彙。「銀行要賣掉這塊地，我們的工作都白費了。」

拿里深吸一口氣。說出口讓整件事更真實了。賽舅舅很有耐心等他恢復冷靜。

「我想說等我們買下房子，我可以在後院建點什麼，可是喬琳真的需要她的花園。我跟她保證會拯救花園，但我還不知道怎麼做。」

「我很遺憾。」賽舅舅說：「不過我講的是金山葵，你為什麼這樣拍？」

「我眼中它們就是這樣吧。」拿里坦承，「它們似乎對我們做的事有反應。」

賽舅舅點頭。「希臘歌隊，我想也是。」

「我知道很蠢，居然想像……」

「不，一點都不蠢。希臘歌隊是古代說故事的手法。戲劇表演中，歌隊是舞台側翼的一群人，負責評論發生的事，讓觀眾知道該期待什麼情緒。你看，你在講故事。」

「才怪，我沒刻意這麼做。」

「沒錯，你憑直覺就做到了。我早說了，你是電影人。」

拿里不禁笑出來。「太誇張了。電影人是你這種人，不是我這種小孩。」

「我這種人都曾經是你這種小孩。」

拿里努力想像了，但他腦中小時候的舅舅充其量是成年後的縮小版。很酷，算是有名，穿黑色牛仔褲，戴耳釘。「你在我這個年紀的時候是什麼樣子？」

舅舅用背磨蹭椅子。他的動作又讓拿里想到貓，細瘦又冷酷。他自己也用背磨蹭椅子，試試這個動作。

「嗯……我記得我總是要替自己辯解。」賽舅舅說：「我常常恍神，然後我就會道歉，好像我做了需要道歉的事。大家都以為我懶，或者笨，或自視甚高。我在學校過得很辛苦。」

「真奇怪，現在你在學校就像英雄。去年冬天我們全年級看了你在難民營拍的紀錄片，看那些小朋友跟著你到處跑。我還跟大家說你是我舅舅。」

「謝謝。」

「一半的同學看到都哭了。事後他們舉辦募款活動，大家都捐出自己的零用錢。你一定感覺很棒。」

「這個嘛，有這種結果的話當然很棒，但這樣的機會並不常見。你永遠不知道誰會看到你的作品，也無法預測他們會怎麼反應。況且你也不是因此才拍片。」

「不然是為什麼？」

「因為這個作品必須拍出來，而你要負責操刀。」

那天晚上，拿里躺在床上，盯著天花板。今晚灰泥中的曲線看來不像無限符號，反而像問號。問號裡包著問號，再疊在問號上。

55

兩天後，賽舅舅離開，來了熱帶暴風。暴風圈駐紮在墨西哥灣西方一百六十公里，像幼童大發天氣脾氣。

「預報說一直到星期三都會這樣。」週一開始變天，拿里吃早餐時說：「暑期活動不會放我們出去外面，妳也知道那邊室內空氣多不乾淨，我應該待在家。」他輕輕咳了一聲。

他對這個藉口不抱多少希望，也沒指望會成功。不過爸媽經過兩個月睡眠不足的摧殘，甚至沒有反駁。

「好啊，隨便你。你可以幫忙吸地板嗎？」媽媽說完就踉踉蹌蹌去上班了。

爸爸抓起鑰匙，補上一句，「或許再洗一輪衣服。」

於是拿里賺到三整天能編輯他的影片。如果要依照現狀命名，影片絕對會叫《喬琳的手》。

《喬琳的手》會是不錯的電影，但不是他應該拍的作品。他在天花板的灰泥問號下沉沉睡去時終於想通了。

他應該拍園地的故事。因為這個作品必須拍出來，而他要負責操刀。

不過還有一個原因。

賽舅舅說影片不常促使觀眾做你期望的事，但也就表示偶爾確實可以。他決定這回就是可以的時候了，大家看完影片會哭著掏空錢包。九月他會把影片帶去學校，還要送去其他學校。

這部影片會拯救園地。

拿里剪掉大部分喬琳的手的畫面。大部分，不是全部。然後他開始工作。

三天後，他的背部發痠，手指僵硬，眼睛又紅又乾，然而這輩子他沒有感到這麼快樂過。他成功的把將近十六小時的影像縮減到四分四十二秒。

四分四十二秒的影片始於建造教堂的照片，一路拍到鴨子一家漂浮在灌滿水的護城河上。在這之間，落錘打破屋頂，木瓜在瘋狂縮時攝影中成長，泥巴抹上城堡牆面。他替喬琳的蒲公英花床和堆肥補土。他掃掉碎石，露出他的日晷和教堂地板。新的彩繪玻璃窗灑落彩虹般的光芒。

連眨眼騎士都有特寫，當然是在眨眼。

他站起身，盡情伸展，壓壓指節，晃鬆脖子。他倒了一杯薑汁汽水，丟進去一片柳丁，喝了一大口。然後把蜂蜜檸檬口味的超強效止咳藥片丟進嘴裡。

他準備好最後一步了。

「萬物過去都是別的東西，」他開始替影片錄旁白。「未來也會成為別的東西。有時候如果你仔細看，就能看到一樣東西的整個故事。」

56

「所以呢？計畫B？」

拿里在公車座椅上挪得離喬琳遠一點。今天星期四，他從星期天就沒見到她了。他很想她，連他自己都嚇了一大跳，因此他很慶幸她決定跟他一起去看大人物。不過現在他要重新考慮了。「嗯嗯，」他附和道，「計畫B。」

喬琳逼問：「說啊，是什麼？」

「那個……」計畫B有點尚未成形，計畫B還有一些漏洞，不過秋天還遠在天邊。「相信我就對了，計畫會成功，但我不能告訴妳。」

「為什麼？」

「因為我說了算。」

聽到她自己說過的話，喬琳似乎愣了一下。拿里趁著占上風，趕忙轉變話題。「妳為什麼要來？我以為那個富蘭克林都告訴妳想知道的答案了。」

「沒錯。沒有回收裝到別人身上的部位會以『最有尊嚴的方式處置』。」

「好吧，妳不相信他嗎？」

「我相信他。」喬琳舔舔拇指，揉搓前方公車椅背的擦痕。「這以前是牛。」

她說的像在解釋什麼。

她更靠近盯著座椅。「或是某種清潔劑的瓶子。太髒了，很難判斷。」

「喬琳，妳為什麼要來？」

她張大眼睛抬起頭。「你說你外婆請我來。」她答得好像她個性體貼，自然會想滿足老人家的突發異想。「況且你這個禮拜都不在，我有點無聊。」

拿里感到全身微微發顫，彷彿他可能在發光。喬琳也很想他。

這時公車猛然轉彎。喬琳腳邊的連鎖超市袋子滾出一罐洋芋片花生。

拿里抓住罐子，拿起來。

喬琳聳聳肩。「你外婆想吃培根，這吃起來像培根。」

拿里把罐子交給她。「我沒跟妳說她想吃培根，妳怎麼知道？」

「我上次聽到了。」

「妳聽到她說？」

「喔，大家都聽到了。」喬琳向他保證，「整個復健中心的人。」

拿里揪起臉，藏在手後面。

「我跟你說，如果我有外婆，」喬琳喃喃說，又去搓揉擦痕。「我會希望她的聲音大家都聽得到。」

拿里往後靠。他不知道喬琳沒有外婆。不公平，他真的討厭不公平。

他倒想起一件事。「之前妳說我住在神奇公平世界，妳錯了。」前晚他意識到這番見解，還躺在床上練習說明。「我是說，妳沒講錯，我確實覺得發生壞事時不該逆來順受。但我不是希望東西能神奇的變成不同的樣子，而是變成它們能夠成為的樣子。總要有人這麼想，否則壞事永遠不會變好。」

喬琳不甚滿意的嘟囔一陣，吹開劉海。

「況且妳也跟我一樣。」

喬琳推高墨鏡，眼睛瞇成箭孔。「沒有，我很務實。」

「才怪。妳從希臘市場拿到木瓜，大家都只看到發爛的水果，妳卻看到一片農園。」

喬琳雙手抱胸，轉向窗戶。開到新視野復健中心的路上，她都沒有轉回來。

57

他們走進復健中心。同一名女子圍著同樣有汙漬的圍巾，坐在櫃台吃蛋沙拉三明治，她瞇起像一窩蜘蛛的眼睛抬頭看著他們。當拿里說明他們來訪的目的，她說了同樣的話：「有沒有這麼貼心」。這回她同樣顯得言不由衷。

拿里簽名讓他們進去，一面懷疑他是否穿越時間回到了過去。

然而就在此時，意外的新事件發生了。一名身穿黃色套裝的女子從電梯大步走出來，橫越大廳。她的動作似乎顯示她的人生非常有目標，而這個目標就是要盡快離開新視野復健中心。

「妳先進去，」拿里告訴喬琳，「我們樓上見。」

他在大門口趕上女子。「薩爾太太，等一下。」

薩爾太太轉過身，皺起眉頭。

拿里深吸一口氣，直搗重點。「為什麼妳不喜歡我？外婆說我應該問妳。」

「年輕人，我沒有不喜歡你。」她雙手抱胸。由於她身材細瘦，套裝又很黃，拿里不禁聯想到兩支鉛筆在稍微粗一點的鉛筆前交叉。不知為何，鉛筆感覺都削得很尖。

「我覺得妳在生我的氣，因為我應該看著她，卻沒做到。可是我不知道，我不知道她生病了。如果我知道，我就會——」

薩爾太太一臉不可置信。「你怎麼可能不知道她生病？她是你外婆耶。」

「這個嘛，我知道。我只是不知道因為她老了，我就應該看著她。」

「因為她老了？」

拿里點點頭。「她的病呀，變老。」

「變老？年輕人，你的外婆有糖尿病。」

「糖尿病？我外婆？」

薩爾太太挺直身體，抿起早已抿成線的嘴脣。她似乎在問：他怎麼會不知道？然後自問自答：他活在自己的世界吧。

可是這不是原因。

她憤慨的「哼」了一聲，問道：「有沒有搞錯！沒人告訴你？」

拿里搖搖頭。

「好吧，太不應該了。老天，她得的是糖尿病，又不是黑死病。我都得二十年了，我認識的人有一半也是。有人應該要告訴你。」

她又在胸前盤起雙臂。不過這次，她細瘦的身材和很黃的套裝令拿里想到陽光。正義的陽光。

「他們這樣對你實在不公平。」她繼續說：「你不是小孩了，你需要知道。我就是討厭不公平，你不覺得嗎？」

大人物說得對：不用孤單一人真的很有幫助。

58

拿里站在門口，透過窗戶往內看。

不可思議。喬琳歪坐在大人物的床上，無視她正上方牆上的告示寫著「訪客：請勿坐在床上」。她們狂吃兩人之間那罐洋芋片花生，彷彿好幾週沒吃東西。

他打開門。

大人物歡叫道：「吃起來像培根！」她的指甲剛塗成紫紅色，她用手指拿起一顆花生，眨眨眼，拍拍床。

拿里走進來，盡可能刻意坐在椅子上。

「拿里，你剛好錯過麗塔。」大人物舔掉嘴脣上的碎屑。「不然你就能跟她把話說清楚了。」

拿里低頭看著大腿，小心翼翼說：「我跟她談了。」

「喔，很好呀。然後呢？」

拿里抿緊嘴脣，瞥向喬琳，再看向門。

大人物拍拍喬琳的手。「小乖，可以幫我一個忙嗎？去找富蘭克林，跟他說我想要多一條毛毯。」

喬琳趕忙跑去執行任務。

大人物轉向拿里。「然後呢？」

他抓緊椅臂，用力到手指發白。「她真的在生我的氣，我也不怪她。妳身體不舒服，我卻拋下妳一個人跑去泳池，我真的很抱歉。可是為什麼妳不跟我說妳有糖尿病？」

大人物低頭看她的指甲。

「現在她不生我的氣了，她在生妳的氣。」

「我想應該是吧。」

「老天，只是糖尿病，又不是黑死病。」

大人物點頭同意。

然後他懂了。「媽媽不讓妳告訴我，對吧？」

「她不希望你在日落棕櫚村還要擔心，她已經很抱歉要你在那兒過暑假了。」

「我喜歡那裡！況且媽媽都把我當小孩子對待。」

大人物無助的舉起雙手。「她確實很保護你。」

拿里抬頭看向病人觀測儀器，螢幕現在漆黑無聲。外婆不用再證明她活著很好，但他還是感覺很糟。「大人物，如果我知道，我就能做點什麼，我就能保護妳。」

「我知道，拿里，我知道。可是你媽……」大人物往後靠著枕頭。「反正你看，我沒事了，我有兩塊全新的臀骨，很快就能跳舞了。所以沒關係啦。」

可是當然有關係。

59

「為什麼妳不告訴我？」

拿里的媽媽闔起檔案夾，抬起頭，一臉困惑。「告訴你什麼？」

拿里隔桌站在她對面，他的肚子好痛。「大人物有糖尿病。」

「喔，那件事啊。有些事小孩子不用擔心，就這樣。」

「我不是小孩子！而且我當然需要知道，我跟她住在一起耶。」

她又打開檔案夾。「這個嘛，我不懂你幹嘛這麼在意，你都回家了。」

拿里彎下身，伸出手掌壓住她的文件。「我回家了，可是大人物沒有。她血糖過低才跌倒。如果妳告訴我，我其實可以看著她。」

他突然意識到一件恐怖的事。「妳也希望這樣吧？我回家的第一天早上，下樓時聽到妳和爸爸在說話。妳說妳希望什麼，但爸爸說妳不想這麼做。妳希望妳有告訴我吧？」

媽媽撇開頭。「當然不是，不是。不過事後來看……但不重要了。」她用手指抹掉眼角的一滴淚水。

那滴眼淚刺中他的心：不到一百支箭，或許只有二十或三十支，畢竟流血時很難計算。不過拿里得把話說完。「對我很重要，因為感覺像我的錯。對大人物也很重要，如果妳告訴我，或許現在她就在家了，或許她就不需要動手術了。」

她擦擦眼睛，微微一笑。「不太可能，她需要動髖關節置換手術好一陣子了。」

「喔，這個嘛，好吧。不過我十一歲半了，如果妳一直過度保護我，我沒辦法生存下去。」

「你說什麼？」

「我會被壓扁。如果我不開始活在現實世界，人生會壓垮我。」

聽到這兒，媽媽看來非常擔心，害得拿里都開始替她擔心了。

希臘市場的收銀小姐說，東西會長成需要的樣子，這時拿里體會到了。他在媽媽對面坐下。「媽，我不是小孩了。」他說：「妳把我保護得很好，但現在我夠堅強了。」

生平第一次，拿里突然明確知道他站的立場，他不覺得自己在飄，也絲毫沒有隨風擺盪。他在椅子上坐直。「我的人生有目標。」

「人生有目標？」

「人生有目標，我的目標就是對抗不公平。」**汝面對不公平皆應奮戰：第九條。汝應永遠捍衛真理和良善，抵抗不公不義：第七條。**「不公平，不公不義，我想要矯正這些問題。我是跟妳學的。」

「跟我？」

「就是妳。每天妳都努力矯正最糟糕的壞事，而且妳熱愛妳的工作。」

「你說得對。」她停了一會兒才說：「我討厭發生壞事，但我確實喜歡矯正那些問題。」

「那就別再瞞著壞事，開始教我怎麼矯正那些問題。」

媽媽往前傾，手肘支著桌面，下巴靠在拳頭上，直直看進他的眼睛。

「好吧。首先，你要找出問題中你能處理的部分。」

「一部分？」

「你無法矯正一切，但是……」她拍拍資料夾。「比方說，今天早上有個女人進來，急得要命，因為她先生一走了之，拋下她和三個小孩。她的英文不好，又只有兼職的家管工作，無法養活三個小孩。好，我沒辦法叫她的先生回來，我沒辦法給她更好的工作。不過我帶她到急難中心的食物銀行，也替她報名我們晚上的英文課程。過一陣子，她就不會有事了。」

「可是如果只有妳一個人呢？如果妳沒有管理急難中心呢？」

「一樣呀，你找出問題中能處理的部分。看看問題周圍，總有什麼你能做的。」

拿里和媽媽隔著桌子端詳對方整整一分鐘，彷彿他們第一次見面。

「還有啊，拿里。」她終於說：「我真的很抱歉。」

60

媽媽從客廳叫道：「先別上樓，還有一件事要跟你說。」

拿里停下來，一手抓著樓梯扶手。下午跟她談過後，他就急著想逃回房間，獨自好好想清楚。

拿里走回客廳。

「小事而已。」她說：「你外婆兩星期後要出院了。」

「大人物可以回家了？喔，太棒了！為什麼妳和爸爸看起來這麼擔心？」

「她沒有要直接回家。」爸爸說：「她會先來這兒住一陣子，直到她適應。」

「很好啊，我喜歡跟她住。她有趣又——」拿里停下來，來回看著爸媽。

「這兒？這棟房子？」

「對，拿里。」媽媽說：「這兒指的就是我們家。」

拿里看看四周。「可是……這兒的『哪裡』？」

爸爸把玩他的領子，媽媽盯著她的鞋子。

然後答案猛然襲來，彷彿一拳打中他的氣管。他吞下幾口空氣。「你們要把我的房間給她？」

「沒有，當然沒有！」爸爸說：「絕對不會。」

拿里又能呼吸了。當然不會，爸媽不會這樣對他，他們了解。

「老天，她才剛換了兩個髖關節。」媽媽附和道，「她不能爬樓梯。我們會把我們的房間給她。」

「喔，好。」拿里如釋重負，但這下又有點愧疚。他瞥向沙發。沙發能拉出來變成床，但墊子僵硬不平。「那個……你們要睡哪裡？」

爸爸把領子拉得更開。「我們會睡樓上，」他說：「你的房間。」

「我的……」拿里的氣管又封閉了，腸胃好像也挨了一拳。「沙發？我要睡這裡？睡在外面？」

「不是，你會有房間。」媽媽走到整面的窗戶旁，拉開窗簾。

窗外可見後院門廊。

「什麼？不要！」拿里哭喊，「門廊連牆壁都沒有！」如果牆壁的定義是可以靠或貼海報，而且不能看穿，那他說的沒錯。門廊四面都是窗戶：靠客廳側是透明玻璃，其他三側則是霧面塑膠。「沒有牆壁就不叫房間！」

媽媽雙手抱胸。「別擔心，我都想好了，擺你的床和衣櫥綽綽有餘。」

他呻吟道，「沒有牆壁。」

「拿里，不是要你住一輩子。」媽媽比較和善的說：「我們會幫你掛窗簾。」

「運動員會挑艱困環境訓練，」爸爸弱弱的補充，「讓他們更強壯。」

「我們知道今年暑假不如預期，」媽媽說：「不過別忘了，暑假過完，我們會送你一份好禮物。」

說完，爸媽一起逃離客廳，彷彿偷設了計時器。

拿里獨自站著，這才為時過晚的感到震驚。他意識到他可以爭論好幾個小時，但即使所有論點都對他有利，他還是不會成功。他失去了他的房間，而且甚至沒換到一個弟妹。

他推開門廊的門，想看他的人生要變得多糟。雖然晚上九點了，夏陽仍照亮小空間的每個角落。

他瞇眼往外看。透過模糊的塑膠窗，後院似乎在慵懶冒煙，小屋像炭筆畫的汙漬。

他更仔細看。小屋只有一面小窗，再過幾週就是他們的了。

小屋非常私密，而且有門，他可以在門上裝鎖。

爸媽答應送他禮物，補償令他失望的暑假。嗯，現在他知道想要什麼了。

61

隔天，拿里躺在金山葵下，拍攝一對老鷹飛過頭上。

三年級那一年，每天下課時間，總有同學問他想要哪種超能力：飛行還是隱形。

拿里每次都選「隱形」。

「喔，對呀。」同學會回答：「你就可以監看別人了，酷喔。」他們的回答每次都嚇到拿里。不，他從來不想監看別人，他只是覺得偶爾沒人理他很好。

他想起他即將搬進沒有隱私的門廊。

他放下攝影機，翻身側躺。喬琳移植了新的蒲公英，正在拍齊周圍的土。現在人行道兩側種滿花朵，黃金色澤像硬幣一樣鮮豔。

他朝她喊道：「飛行還是隱形？」

喬琳坐下，放下她的小鏟子。他喜歡她這一點：她會思考問題一會兒才回答。「飛行。」一分鐘後她決定答案，又回去移植花朵。

拿里起身，坐在她旁邊。「它們看起來像迷你向日葵。」

他想起一直有件事想和喬琳分享，講了能逗她笑，就跟她在史塔沃太太那兒一樣。

「那天在洞穴酒吧的時候？妳沒看到，真的很好笑。有個女人在位置上睡覺，她的頭髮整圈都是黃色，但中央是黑色，像向日葵。所以我給她取了綽號，就叫向日葵，懂嗎？」

喬琳沒有笑，反而又僵住身體。她交握手指貼著胸口，轉身面向洞穴酒吧。

拿里再試一次。「也有點像光環。金色光環，但中間爛掉了。」

喬琳動也不動。

拿里祭出最棒的細節，他的最後一招。「我覺得她喝醉了。」

喬琳站起身，握緊雙拳，走出園地。

拿里覺得他的願望終於實現了：他隱形了。結果感覺不怎麼好。

62

每天艾希莉離開後，拿里和喬琳會跳進護城河，在夠深的地方游泳，在淺的地方比賽划水。想孵化的蚊子卵就等著瞧吧。

拿里下水時總是做好重生的準備，以免這種事意外發生。當然，他從來沒讓一絲希望閃過臉上。

水很清涼，但正中午、仲夏、佛州中部的太陽還是太烈，每四個小時搽低敏感防晒係數八十的防晒油也沒用。

拿里從家裡的洗衣籃偷了一條床單，再翻遍美勞用具櫃，做了一條橫幅，掛在教堂後方的水上。

喬琳問道：「中間那是什麼？」

「紋章，用來告訴大家你是誰。我的是攝影機。」

「這個呢？」喬琳指向畫在角落的另一個小圖案。他本來希望她不會發現。

「蜥蜴。」他坦承，「那也是我。」

隔天喬琳帶來她自己的床單。她在上頭畫了有手臂的外套，手臂揮動小鏟子和耙子，她還撒了一整罐亮粉裝飾。「這就是我。」

拿里指向角落較小的圖案。

她回答：「木瓜樹，那也是我。」

拿里發現她說得對，她同時既柔軟又勇敢。

大人物說他很不了解喬琳，她說問問題總不會錯。他們掛起橫幅後下了雷陣雨，於是他決定試試「桌子底下」。

點燃蠟燭後，他問道：「那個……妳怎麼會跟阿姨住？」

喬琳瞇起眼，拿里幾乎看到箭尖冒出來，但他沒有尋找掩護。「我想知道。」

喬琳低頭看著膝蓋，吹開劉海。「好吧，不過沒什麼，好嗎？我五歲的時候，媽媽帶我上車。車上有很多行李，所以我以為我們要去旅行，但我們只繞過街角，開到阿姨的公寓。媽媽拎著我的行李，帶我上樓。當阿姨開門，媽媽放開我的手，她們大吵一架。她說：『我不能帶著她去納什維爾。』華特說我一臉不知所措。」

「華特說？」

「他聽到她們吵架，跑上來看。」

在輕柔敲落的雨聲中，拿里想像小女孩喬琳握著媽媽的手，準備踏上遠大的旅程，接著卻只握到空氣。他想起他們第一次見面時握手的情境。

他經常想到那次握手。

大多數時候，他猜想她對那次握手的感覺如何，他猜想她是否想過這件事，他猜想她是否希望有人再握她的手。

他挪動右手，直到差點碰到她的左手。**告訴妳一項額外資訊，我不討厭妳握**

我的手。他在腦中練習，直到聽起來不可悲。

「喔，太好了。」正當他要張嘴，喬琳說：「雨停了。」

63

拿里坐在後門口，攝影機對著他的腳。他在護城河的水中擺動雙腳，腳似乎變得愈長愈細，接著像魚游動，然後腳趾完全消失。

他放下攝影機。喬琳說過：「睜大眼睛，務實一點。」她總是講得一副現實世界牢固可靠，每個人看來都一樣。可是拿里覺得現實世界更像水底下他的腳。現實世界可以扭曲自己，胡搞瞎搞。

以他的報告為例。寫報告時，時間飛逝而過，但等待拿回報告時，時間卻緩慢爬動。看到報告封面上的A評分，他覺得教室牆壁似乎在發光，走回家的路上，地心引力也稍稍鬆手。

他往上看。或者拿雲當例子。依照科學定義，雲是水珠或冰晶的集合體。可是三個不同的人看雲，不是會看到三種不同的東西嗎？有：一條龍；保證會替木瓜下的雨；警告不要握別人的手？

他低下頭。或者拿……

拿里看到奇怪的狀況。他的腿在左膝上方腫了起來，難道他撞傷大腿，卻沒發現？

他看向另一隻大腿，膝蓋上方同樣扎實的腫了起來。他繃緊雙腿，笑了出來。

肌肉！

他繃緊雙臂。手臂上也有肌肉。

他撩起上衣。他的自體漂浮裝置消氣了。

想想也是。過去幾個禮拜，他可以雙手各拿一塊煤渣磚，氣都不喘一下。每天晚上，媽媽都一臉狐疑看著他，問他吃得夠不夠。或許園地還沒改變他的裡面，但已經改變他的外面，而外面也是裡面的一部分。

至少是個開始。

拿里躺回發燙的地基。他在騙誰？這才不是開始。

他有記憶以來，沒有日子比這陣子更棒了。但他過得愈開心，就覺得愈愧疚，因為是舊的他在享受美好時光。即使每天泡在重來護城河裡，新的他仍未出現。

八月已經過了一半，他必須更努力。

那天下午，喬琳一離開，他就跳進水裡。這次他要做對。

這次他大聲說出來，「讓我變成新的人。」他叫道：「讓我變成正常的小孩！」他想起唱詩班的練習多麼澎湃激昂，又另外加了一句：「哈雷路亞！」然後他往後一倒。

他待在水底，數了整整一分鐘，待到胸口發疼。他不確定這代表新的他誕生了，或者只是肺部缺氧灼燒。

他衝出水面，激動喘氣。他還沒張開眼，就感到一雙眼睛看著他。

喬琳站在樹叢邊盯著他，舉起她的垃圾袋。「我忘了拿。」

拿里僵在原地。她聽到了嗎？

或許她沒聽到。

她當然聽到了。

喬琳放下袋子。她的肩膀起起伏伏，彷彿為自己做的決定在嘆氣。她走過來護城河，跨腳越過牆跳進水裡。

拿里只能悲慘的看她涉水直接走到他旁邊，八成要近距離發表尖酸刻薄的訓話，笑他有多愚蠢。

然而他錯了。

「你不能自己來，」她說：「你需要別人丟你到水裡。」

她一手托住他的脖子，一手放在他的肩胛骨之間。「往後靠，」她說：「我來丟你。但拜託別祈求變得正常，你比『正常』好多了。」

64

酒吧空無一人。華特從書中抬起頭，笑著說：「外頭真熱。」拿里聽了心跳就慢下來，揪起的胃也放鬆。

不過華特看來也很擔心。「小豆芽呢？」

「小豆芽？喔，對，她在史塔沃太太那裡。」

華特看來鬆了一口氣。「老樣子？」

拿里點點頭，在高腳椅坐下。他也有老樣子的飲料了。

華特端來新鮮的薑汁汽水給他，加上一片柳橙當作裝飾，柳橙片在他的大手中顯得好小。他不負拿里的期待，開口問道：「嗯，老兄，怎麼樣？」

拿里喝了一大口飲料，深吸一口氣。「還行，華特，謝謝。不過我有個問題。」

華特把洋芋片花生滑給他，拿里抛了一把到嘴裡，純粹因為太好吃了。他早知道他的問題是什麼。騎士準則第四條要求：汝應永遠講述事實。可是拿里沒有對家人說實話，不只是暑期活動，還包括重要大事，例如讓他們以為他變正常了。

他若有所思嚼著洋芋片花生，讓零食再次協助他釐清問題。釐清的結果令他吃驚。

「華特，我一直在騙人，」他說：「騙我自己。」

「唉，老天，」華特說：「可不是嗎？」

拿里告訴他，「華特，你會想要重新來過嗎？例如……重生？」

華特搔搔脖子。「天哪，不會。人生走到這兒光一次就夠累了。」

「我也不會。可是整個暑假，我都告訴自己我想重生，我想變成別人。但是我完全不想這麼做。」

華特擦拭已經很乾淨的吧檯桌面，一臉同情的點頭。

「我其實想要承認我不是別人，但沒關係。」

華特放下抹布，認真盯著拿里。「喬琳跟我說你們是朋友。想接納自己的樣子，交朋友感覺是很好的開始。拿里，你是她的朋友嗎？」

拿里點點頭。現在他是沒錯。

「很好，我也是。當她在這兒，我可以關照她。可是當她在外面，」他朝大門揮揮手，「我就看不住她了。」

華特看來還是很高大，但不知為何，他同時看來好渺小。現實世界，胡搞瞎搞。

「她跟史塔沃太太在一起沒事，她會餵她吃飯。」

「我知道，可是她在外頭還是很孤單。」

「因為她沒有爸媽。」

華特搖搖頭。「把小女孩像垃圾丟在門口，要是我找到那個女人……」

「你找過？」

「我們都找過，我和她阿姨。」

拿里身子一僵。「她阿姨有幫忙？」

華特似乎看穿他的思緒。「那時候她不一樣。教堂還在的時候，每個週日都是新的開始。至少她努力了，她不是一直都像現在這樣。」

「萬物過去都是別的東西，」拿里說：「尤其是人。」

「我想你說得沒錯。總之，喬琳有我和史塔沃太太，不過如果還有人替她撐腰更好。」

拿里猛然坐直，害高腳椅轉了又轉。在最難想像的地方，有人召喚他來效忠服務了。

他抬高下巴，挺起胸膛，勇敢回答：「我會替她撐腰。」他用盡全力才沒加上「我的君主！」並單膝跪下。

華特點點頭。「你看來是說話算話的人。」他往前傾。「你知道嗎？這種好酒吧能帶出大家的故事。我一直在想你的事。拿里，你有故事嗎？」

拿里遺憾的搖頭。「沒有，我沒有故事。」

「啊，好吧。總有一天會有的，老兄，相信我。」

65

拿里放下大鏟子，準備說出艱難的事實。「下星期三就開學了。」

喬琳踢踢一塊土。「加一。」

艾希莉點頭。「加二。」

他們站著靜靜算了一下。

拿里說：「八天。」

兩個女孩附和道，「八天。」

喬琳看向最高的木瓜樹，樹上結滿小巧結實的果實。

「我有辦法，喬琳。」拿里希望他的聲音沒有顫抖。

他突然看清楚了，他在撒謊。

他沒有辦法。他有五分半的影片，以及神奇公平世界的幻想。就算一千個小孩吐出零用錢，他也買不起這塊地。一萬個小孩也不夠。

「嗯哼。」喬琳站起身，看都不看他就走去希臘市場。拿里心生感激，如果現在看到自己的倒影，他會受不了。

那天下午，艾希莉留下來，撿起可能卡住鳥兒消化道的垃圾。喬琳在市場只待了一小時，之後他們一起緩步走到花園，又開始挖最新的壕溝。知道他們的努力可能無功而返感覺很悲慘，卻也很高尚。

挖到一半，拿里的鬧鐘響了。

「我聽到林鶯叫。」艾希莉掃視天空。「真奇怪，牠們不會這麼早遷徙。」

「喔，不是啦。對不起。」拿里說：「剛才是我的鬧鐘，我得走了。」

艾希莉看來很失望，好像她真的想看到林鶯。

拿里大方的說：「希望妳做這些事對妳有幫助。」

「你在說什麼？」

他瞥向喬琳，然後問艾希莉：「妳是為了寫學校報告吧？或者幫妳申請大學？」

「呃……不是？」

「那為什麼？」

艾希莉把鍬子插在地上，走到金山葵星形的樹蔭坐下。

拿里跟過去，一屁股坐在她旁邊的星形樹蔭中。

喬琳待在原地，但拿里注意到她朝斜坡豎起耳朵。

「我以前住在加拿大？」艾希莉開始說：「我們要搭很久的公車去上學，破曉的路上都空無一人。有一天，公車必須停下來，因為路上都是鵝。高速公路的維修人員得用真的鏟子把鵝鏟起來。牠們的腿都斷了，有些掙扎想飛走，但你可以看到牠們的腿垂著，歪的角度完全不對。」

喬琳怒瞪斜坡一眼，彷彿懷疑艾希莉親自弄斷鵝的腿。

「我們事後才知道，那天下過雨。清晨的陽光下，溼的高速公路在鵝眼中看來像河。他們試圖降落，結果……」

艾希莉閉上眼睛。「我摔斷過手臂。骨頭很銳的。」她停下來，揉揉右手臂，將手臂緊抱在胸前。「那天路上肯定有兩百隻鵝，每一隻至少都斷了一根骨頭。那麼大量的痛，怎麼能衡量？」

拿里沒有回答，因為怎麼可能呢？

「我決定只要我在，就不會讓同樣的事發生。這就是原因。」

拿里往下看著喬琳。他忍不住想說，妳看？妳錯了，她只是關心那些鶴。不過他沒說，因為他看出喬琳已經知道了，而新發現擊垮了她。

她手中的鍬子掉到地上。她垂著頭，拿里看她顫巍巍的緩緩吸氣。她走到艾希莉的陰影旁，蹲下來。

「每天晚上關門時，華特會清空裝洋芋片花生的碗。」她說：「我在想，或許我可以把剩下的花生留給這裡的鳥兒。我在想啦。」

「當然好。」艾希莉說：「牠們應該會喜歡。」

喬琳吹開劉海。她看來好像想再多說，但不知道要說什麼。

「過來。」艾希莉對她說：「我看看妳的臉。」她伸出一隻手，探向喬琳的臉頰。

喬琳嚇得倒退。不過她接著在背後交握雙手，閉上眼睛，往前傾。拿里看得出來她在閉氣。

艾希莉開始用手指扯喬琳的劉海，把短的髮絲編進後方較長的頭髮。「我去年得留長劉海……」她說：「有一陣子，劉海總是很礙事。」

她瞥向拿里。「現在對她是很辛苦的階段。」

66

隔天早上，當車子停在第一街，他們三人聽到聲音都轉過頭去。他們靜靜把工具放在地上，躲到三棵金山葵的樹幹後。

一分鐘後，他們透過圍籬的格柵看到男子的身影。他移向亮黃色的告示，然後亮黃色的告示不見了。

男子在同樣位置掛上新的告示，顏色是更亮的綠色。

他們待在金山葵後，等車子開走。接著三人依然不發一語，往下跑到圍籬邊，翻了過去。

新的告示內容跟舊的一樣，只是「秋天開賣」改成了「九月八日」。

艾希莉說：「勞動節*隔天。」

拿里想要說，豈不是還不到秋天，不公平。但他學乖了。他努力裝作不以為意，彷彿這個小孩有確切的計畫B。

喬琳在他身旁，開始急促輕喘。她沿著第一街跑走，消失在希臘市場的後院。

艾希莉在他另一側說：「公開拍賣，誰都可以競標。」

拿里聽到腦中傳來微小的喀嚓聲，宛如小鑰匙想撬開好主意的鎖。他舉起手，免得艾希莉現在又說什麼，嚇走他的好主意。

一片寂靜中，鎖打開了。「晚上妳可以再來一趟嗎？」他仔細想過後問：「我想給妳一段影片，轉交給妳爸爸。」

艾希莉撕下拍賣告示一角，寫下她的電話號碼。「你準備好就打給我。」

她騎車離開後，拿里攪和了一桶黏黏的灰泥，開始塗教堂正面。等他彈射灰

---

*編注：美國勞動節為九月的第一個星期一。

泥塗滿高塔後，他找來喬琳生銹的刀，把一塊紅格子桌巾割成四面旗子，教堂四個角落各掛一面。他一邊拍攝搖身一變的城堡，一邊唸旁白，「如果空地能變成木瓜園和城堡，要變成什麼都行。」

然後他套上錫箔做的全套盔甲，哐啷哐啷坐在煤渣磚上，就這麼看呀。眨眼騎士從煤渣磚後面爬出來，拿里餵牠一塊蘋果。烏龜一面嚼食，同時看著教堂，拿里覺得牠很優游自在。牠轉動長滿皺紋的頭，似乎在問：「為什麼？」

拿里回答：「為什麼不？」

67

隔天早上拿里來到園地，發現喬琳踱步走向她的堆肥，雙拳各握著一株拔起來的木瓜植株。

他跑過去。「妳在做什麼？」

喬琳朝拍賣告示抬抬下巴。「我跟你說過了，我不會讓推土機輾死它們，我要自己來。」

「不行，別這樣！」

她把植株丟在堆肥上，轉身面對他。「為什麼不行？你想自己來嗎？應該你來才對，畢竟都是你的錯。」

「怎麼會是我的錯？」雖然他知道為什麼。

「我根本不該聽你的話，聽你像神奇公平世界的英雄，說什麼『我會拯救妳的花園』。」

她回頭朝花園走去。

拿里跑過去，擋在她和下一個受害者之間。「好吧，聽我說。我不是拍了很多影片嗎？拍這塊園地，還有我們在這兒做的事？昨天晚上我給了艾希莉一份，請她給爸爸看。她會說服他市政府應該參加拍賣買下園地，提供給社區中心。今天我也給了暑期活動團隊一份。他們可以在這兒建遊樂場，當然鋪築地面都會打光。他們也可以建社區花園，妳就能繼續在這兒種東西。喬琳，結果會很棒。」

喬琳睜大眼睛，下巴掉了下來。短短一瞬間，拿里想像出接下來的場景：她會伸出雙臂抱住他，她會非常感激。他擦擦手，準備回抱她。

然而她搖搖頭，彷彿醒了過來。「結果會什麼都沒有！我沒聽過這麼蠢的主意，唯一更蠢的就是我居然相信你。」

「為什麼？為什麼這個點子很蠢？」

喬琳攤開雙臂。「因為我們活在現實世界，現實世界會發生壞事。有人會在這兒蓋露天購物中心，裡頭八成會有很爛的便利商店，對我這種人來說根本是『不』便利商店，因為我想要真正的食物，不是啤酒、香菸和樂透彩券。我應該沒辦法繼續住在這兒了，誰叫我相信你，沒去找工作。即使我能住下來，我也得成天應付垃圾問題。客人會把菸蒂和沒中的彩券丟在停車場，每天晚上店員會丟掉起皺的老熱狗，造成老鼠搶食。這，才是現實世界！」

拿里攤靠著金山葵的樹幹。

他低頭看木瓜植株，既柔弱又勇敢，再看向閃耀的護城河和石頭城堡。他們努力的成果，很快都將不復存在。「我們該怎麼辦？」

喬琳猛然轉向他，雙手扠腰，衝到他面前。「我們該怎麼辦？哼，你沒關係啊，一直都是。你根本不需要這塊地。」

她沒有戴墨鏡，但如果她有戴，拿里知道鏡片會反射什麼：其實很需要這塊地的小孩。整個夏天，他挖砂石粉塵、扛煤渣磚、築牆、偷植物，因為不止園地需要他，他同樣也需要園地。

「你都不在乎。」

拿里驚呆了。「我當然在乎，只是在心裡面，靜靜的。我就是這樣。」

喬琳轉向她的植株，抿起唇，又走過去。

拿里碰碰她的肩膀。「別這樣，等著看結果如何吧，計畫會成功的。」

她轉過來，眼眶泛淚。拿里感到強烈的衝動，想擦掉她的眼淚。他只得把拳頭塞進口袋，用力把手卡進去、捶進去，緊緊握拳讓指甲咬進手掌，不然他會抹掉她臉頰上的淚水，而喬琳絕對不會允許他這麼做。

她擦擦臉頰，髒手抹出泥濘的浣熊面具，看來既好笑又美麗。拿里強迫雙手待在口袋裡，因為現在他想抱她了。他是哪裡有問題？

「什麼都沒有。」她憤憤的說：「什麼、好事、都沒有。現實世界就是這樣，現在你懂了嗎？」

拿里悲慘的悄聲說：「有可能成功啊。」

她抬高頭，肩膀不住顫抖，走出園地。

咻咻咻。

拿里拿來那袋塑膠字母，在廣告牌兩側拼出：「我很抱歉」。

說抱歉遠遠不夠。

68

那天晚上，拿里的爸媽遊蕩各個房間，裝模作樣不可置信的捏自己。

其中一人會驚呼：「樓梯？我們擁有這道美麗的樓梯？」

另一人會興高采烈的大叫：「我們擁有這道美麗的樓梯！」

「這扇窗戶，這個門把，這片地板？」

「這扇窗戶，這個門把，這片地板！」

拿里的爸爸咧嘴驕傲的笑，解釋說：「今天下午我們簽了合約。」

喜悅就像陽光，照亮附近每一個人。拿里跟著爸媽笑，笑容發自內心。可是他體內有自己的天候，烏雲密布，颳著冷風。什麼、好事、都沒有！現實世界就是這樣。

嗯，現在他懂了。

到了餐廳，爸媽點了香檳。

拿里拿起桌子中央的蠟燭，盯著火焰。他再也不會點燃「桌子底下」的蠟燭了。不管艾希莉的爸爸和拍賣結果如何，他的工作都結束了。他會懷念每一寸園地，每一寸城堡。他會懷念木瓜樹，他會懷念護城河，他會懷念眨眼騎士。

他會懷念喬琳。

「拿里，」爸爸碰碰他的手臂，「服務生問你想喝什麼。」

拿里嘆了一口氣。「喔，老樣子。請給我薑汁汽水，加一片柳橙。」

他會懷念華特和洞穴酒吧。

他低頭讓下巴靠著拳頭。爸媽在他上方拿水杯乾杯，情緒更加晴朗。

爸爸說：「敬勞動節。只要輪值一班感覺會像放假。」他轉向拿里。「或許你也會覺得上學像放假，對吧？過完這個暑假後？」

上學。他甚至無法想像不去園地的時光。他低頭靠著桌面。
他只希望暑假不要結束。

69

喬琳來了。拿里本來擔心她不會出現，但她來了。

她替罐子澆水，摘掉枯葉，爬梳堆肥，但拿里看得出來她只是在空做動作。金山葵在她昨天拔掉的那排植株上打哆嗦。

拿里盡量虛張聲勢，奮力修補護城河的牆，試圖向她傳遞訊息：他沒有放棄，她也不該放棄。市政府可能買下園地，市政府會買下園地。喬琳看來沒有收到他的訊息。

他一直查看天空有沒有跡象要下雨，他們就可以到「桌子底下」談。每分鐘天空都變得更藍更亮。

他終於抬高下巴，挺起胸膛，勇敢爬上小丘。他問道：「妳很焦慮嗎？」

這時他聽到腳踏車輪胎尖聲擦地而來。

艾希莉拋下腳踏車，翻過圍籬。短短一瞬間，拿里燃起希望。然而她愈走愈近，他從她臉上讀到的消息澆熄了希望。

他問道：「市政府不要買這塊地？」雖然他不是在問問題。

「根本沒有要拍賣，地已經賣掉了。我們完全沒機會。」

「已經賣掉了？」拿里重複，「這不……」他吞下剩下的話。現在他最不需要有人拿神奇公平世界數落他。

艾希莉垂下頭。「有建商冒出來，跟他們談好了。」

「世界就是這樣。」喬琳忿忿的說：「他們要蓋露天購物中心吧？」

艾希莉看來很驚訝。「對啊，都招商了。」

「讓我猜猜看：有便利商店吧？」喬琳陰沉的瞪了拿里一眼。

「哇，對耶。」艾希莉附和，「還有乾洗店，我想還有美甲沙龍。」

「太棒了。」喬琳舉起雙手。「老鼠打架，菸蒂亂丟，乾洗用的化學藥劑毒死我們，天知道他們怎麼處理腳指甲。棒透了。」她喃喃自語，大步走出園地。

拿里和艾希莉看她爬上她的公寓，階梯隨著她的每一步晃動。即使等她甩上門，艾希莉也離開後，拿里還是生根般站在原地，看著喬琳消失的地方。

後方窗口的動靜吸引他的注意。即使這麼遠，他也能認出喬琳的手。她的手在玻璃窗貼上購物袋。

拿里爬上高塔，俯瞰宛如蒼白鏡面的護城河。不管他怎麼轉，他都看到自己倒映在誠實的水中：這個小孩嘗試當英雄卻失敗了。

他硬將視線轉離護城河，最後一次視察他的王國。不管看向哪兒，他都看到不公不義。

然後他看看問題周圍。

70

拿里回到家，看到爸媽俯靠廚房餐桌，欣賞新的地契。他告訴他們，「我知道我想要什麼了。」

媽媽抬起頭。「嗯？」

「補償我暑假的禮物。」

「喔，很好。」爸爸掏出錢包。「隨你挑吧。」

「院子。」

「什麼院子？」

拿里指向後門。「後院，還有小屋，我希望能給我。」

爸爸開始笑，但媽媽一手撫上他的肩膀，搖搖頭。「賽勒斯跟我說過你可能會要院子。當然可以給你，我有預感你會把院子變得很棒。」

拿里走出去，站在後門階梯上。院子看來跟整個夏天沒有兩樣：一片荒蕪。然而同時看來也完全不同：因為希望和興奮而顫抖。現實世界，又在胡搞瞎搞。

他回到屋內，拿起電話撥號。當艾希莉接起電話，他問：「妳懷念挖地嗎？」

「真奇怪，」她說：「好像會耶？」

71

拿里站在社區中心的階梯上。他可以忍耐最後一天，然後他就要拿了爸爸的急救包，去跟園地道別。

跟園地道別會更難，但他還做得到，因為之後他就能告訴喬琳他做了什麼。

他抬高下巴，挺起胸膛，勇敢打開門。

然而室內有五十個小孩跑來跑去，高聲喊叫，他的靈魂又縮到心臟後面。或許他可以去泡在護城河裡一整天，或許他可以躺在金山葵下看雲。

他偷偷溜到儲物櫃，從格子深處拉出急救包，趕忙走向門口。

他還沒能逃跑，桑切斯小姐就逮到他。「我才希望碰到你呢，」她說：「你叫拿里，對吧？」

「呃……我們……結果我其實不需要……」

桑切斯小姐揮揮手。「常有的事。不過我是想跟你說，我看了你拍的影片，非常了不起。」

「喔，謝謝。但是沒成功，社區中心沒拿到那塊地。」

她聳聳肩。「沒錯，真可惜。不過我有別的想法。」

她突然顯得沒那麼累了。「我們有一面大螢幕，只用在每個月一次的電影之夜，我認為好浪費。我們明明有你這位年輕人，知道怎麼操作攝影機。你覺得成立攝影社如何？」

「我嗎？可是我不是專業人士耶。」

「拿里，你知道業餘這個詞的意思嗎？」

拿里搖頭。

「意思是『很愛一件事的人』，我覺得我們需要這種人。我可以弄來幾台二手攝影機，你和有興趣的孩子可以互教彼此。」

拿里的靈魂放鬆了一點。「妳真的要讓我做？因為我做得到。」這時一顆威浮球打中他的肩膀。

他撿起球，掃視房間。

如同他來的第一天，他看到巨大的空間，充滿小孩，有些圍成一大群，有些圍成一小群，有些獨自一人。如果講的是人，「外面」也是「裡面」的一部分。

他不知道誰會想加入攝影社，但他知道他想從哪兒開始。

「嘿，班！」長脖子男孩在畫架旁畫畫。拿里叫他，然後把球丟過去。

班接住球，小跑步過來。

拿里問道：「你喜歡電影嗎？」

72

「一百一十四棵植株！誰會做這種事？我跟你講，那個人一定很惡劣，八成是銀行的人，穿西裝那個。還有堆肥！糟透了！我和蟲子努力那麼久！」

拿里希望他有帶攝影機。喬琳全力抱怨了五分鐘，他真想拍下每一秒。即使現在她慢慢冷靜下來，光看她的精力和憤慨的榮光，就令人想起立歡呼。

不過她當然不知情。

「喬琳，其實不是——」

「不對，最糟的是史塔沃太太的購物推車！她那麼信任我，現在我得告訴她推車被偷了。」

拿里像警察伸出雙掌。「停，聽我說！」

「不！你休想跟我講神奇公平世界的蠢故事，因為現實世界就是會發生壞事，有人會偷購物推車、堆肥和小幼苗。」

拿里看出喬琳打算再發火一陣子。不知為何，他不想跟她說他做了什麼，他想讓她親眼看看。

「好啊，不說故事。」他說：「跟我來。」

「去哪裡？」

「跟我來。」

「為什麼？」

「因為我說了算。就這一次，妳跟我來。」

喬琳拒絕走在他旁邊，整整一小時路上，他都聽到她在後頭陰沉的生悶氣。等他們終於抵達他家的車道，他都不太確定他做的決定是否正確。

喬琳靠過來。「你住這裡？」

「對，但我不是要——」

「整棟房子？都是你們的？」

「這個嘛，上星期開始。但是——」

「所以永遠不會有人趕你們出去？你真幸運。」

拿里轉向他家，用嶄新的眼光來看。一整棟房子。寬闊的前門階梯，五歲的他會在那兒跳下跳上好幾個小時。他在屋簷下的臥房，每年一月床上方的天窗會完美框住北斗七星。下星期他得讓出臥房，但幾個月後就能收回來。他看向階梯到屋簷之間的一切。

「妳說得對，」他說：「我很幸運。但是——」

「太好了。嗯，謝謝你跟我說你有多幸運。現在我要走回去，告訴史塔沃太太我弄丟她的購物推車。」她轉身走向人行道。

拿里差點撲向喬琳的手，想拉她回來，不過他在最後一秒忍住了。「我拿走了。」他把雙手插進口袋，改口說：「我就是想跟妳說這件事。購物推車在這兒。」

「對啦，最好是。」喬琳怒目瞪他，但仍跟他走到後院。

她僵在原地整整十秒，像停格動畫的一格。接著她跪倒在洋芋片花生罐前，指尖撫過木瓜植株，看來想抱住每一棵。「它們都在這兒？一百一十四棵？」

「一百一十四棵都在。」

她跑到堆肥旁，轉向他。

「艾希莉有幫忙。妳的工具都在小屋。」

「這整塊地……？」

拿里走到她身旁。「都是妳的。妳得重新來過，但我會幫忙。」

「都是我的？」

「我爸媽給我，我決定給妳。」

她指向廣告牌，大聲唸出來：「『現實世界』。」她困惑的挑起眉毛。

「妳說得對，壞事會發生。可是現實世界也包括我們怎麼面對壞事，我們也是現實世界。」

雄。

喬琳摘下墨鏡，拿里看到自己倒映在她眼中。那個小孩或許有點成了真的英

73

下午五點，拿里聽到車子開進來，朝喬琳豎起大拇指。他全都準備好了。

幾秒後，媽媽走出後門。「再也不用值兩輪班了！」她把一隻手誇張的揮向額頭，四處張望。「這是怎麼回事？」

拿里提醒她，「你們把後院給我。」

「沒錯，但我沒想到……」

「木瓜！」拿里立刻開始演說：「喬琳說我們想拿多少顆都可以。」

媽媽似乎第一次注意到喬琳。她臉上冒出笑容。「喬琳？」

「我暑假交的朋友。好，早餐、午餐或晚餐都適合吃木瓜。」

媽媽的笑容更燦爛了。「你的朋友，真好。你們都去了暑期活動。」

來不及了。拿里這才發現，他沒有全都準備好，他漏掉了一項重要的細節。

他試圖示意喬琳，但她已丟下小鏟子，把手擦乾淨。

「沒有，太太。」她甜美有禮的說：「我在園地碰到拿里。」

「木瓜，」拿里試著說：「打成冰沙也很棒！」

媽媽忽視他轉移話題的策略，問道：「園地？」

喬琳點頭。「對，他蹺掉暑期活動之後。」

拿里擠到她們之間。「木瓜富含維他命。維他命耶，媽媽！」

媽媽閃過他往前傾。「他……妳說什麼？蹺掉暑期活動？」

「對呀，您知道吧。」喬琳現在聽起來有點緊張，「我們一起蓋護城河？您知道吧，太太。」

「護城河？我知道吧……？」拿里的媽媽捏捏鼻梁，舉起另一隻手，似乎想請世界慢下來。「拿里，你進來，我們需要好好談談。」她搖著頭，消失在屋內。

拿里和喬琳衝向野餐桌。交叉的橫桿占掉不少空間，但「桌子底下」還是圍圈討論的好地點。

「你說他們不介意。」喬琳嘶吼，「你說他們很高興你不是一個人，又有事做。你說他們不介意。」

「我是說他們不會介意。即使他們知道了，也不會介意。」

「好吧，告訴你一項額外資訊：你媽媽很介意。」

74

「我覺得你應該講講你的暑假。」拿里的媽媽用手指敲敲桌面。她的聲音意外平靜，但音頻高得危險。「顯然我錯過了不少。」

「好吧，沒問題。」拿里說：「我的暑假，這個嘛……」他從冰箱門扯下暑期活動傳單，查看上頭的內容。「我有大量的多元充實自我機會，累積我的實用生活技能。我做了一面彩繪玻璃窗，我學會怎麼種東西，怎麼造護城河，妳應該看看飛來多少鳥兒。我沒去暑期活動，但我的暑假很棒！」

「你說什麼？」

「我說我的暑假很棒。」

「不是那句。」媽媽往前傾，摀住耳朵。「你沒去暑期活動那句。」

「這個嘛，對，我沒去暑期活動，反而得到這些寶貴的經驗。而且我的暑假確實很棒，我用賽舅舅的攝影機拍了一段影片，拿去——」

「一次都沒去？整個暑假我每天送你，你……你都沒進去？」

「我當然有進去，好幾次，一開始的時候。我也把影片送去暑期活動中心，我就是想告訴——」

「我付了超過五百美金，你都蹺課？」

「當初我提議要付妳錢，學費的兩倍，妳忘了嗎？妳本來可以賺到錢！」

她無法辯駁，但拿里看得出來她在重整旗鼓，準備側翼進攻。他把握他的優勢。「我每天都進行有意義的社交互動，符合妳的期望。跟其他小孩，跟華特，跟——」

「華特是誰？」

「那個……」他不該提到華特。「妳會喜歡他。他聽大家說話，幫大家解決問題。」他把暑期活動傳單推過桌面。「現在桑切斯小姐希望我——」

「我不認為我認識叫華特的社工，你說他在哪裡工作？」

為什麼他要提到華特？「呃……社區中心附近。我要說最棒的消息了：我會回去暑期活動。桑切斯小姐邀請我，這次妳不用付錢！」

至少她聽完就忘了華特。「不用付錢？怎麼說？」

拿里解釋攝影社的計畫。說完後，他垂下肩膀，攤開雙臂。「媽，就這樣了。我很努力想變正常，但我盡了全力，只能做到這樣。」

「什麼叫你很努力想變正常？」

「我知道妳希望有正常的小孩。」他感到眼睛發痠。「我聽到妳說了。」

「我絕對不會說這種話。」

「暑期活動第一天，妳跟爸爸說我試圖收買妳，好讓我不用去。妳說我無法融入社會。」

「什麼？不可能，你聽錯了。」

「我沒有聽錯。妳問爸爸：『為什麼我們不能有個正常的小孩？』」

「我說的嗎？」她的眼眶湧上淚水。「那時候我壓力好大，碰上你外婆的事，又得多值班。當然這不是藉口，我絕對不該說這種話，我不是有意的，對不起讓你聽到了。」她抹掉眼中的淚水，往後靠。「一直以來，我都在保護你，免得你受傷。我知道，我知道，我過度保護你了！但沒想到竟然是我……」她站起來，將他擁入懷中。有那麼一會兒，他全身感到如釋重負。

「我只是希望你快樂。」

他從擁抱中抽身。「媽，我不是妳。有時候我獨自做事也很快樂。賽舅舅說他也是，他說藝術家這樣很正常。」

「賽勒斯一直想告訴我，我想我一直假裝不想聽。」她拿起暑期活動傳單，撕成兩半，丟進垃圾桶。

這時拿里的爸爸從大門進來。拿里把頭埋進雙手，聽媽媽把剛知道的事告訴他。

「兒子，讓我搞清楚。」爸爸聽完說：「你說你要後院，只是為了送出去？」

拿里抬起頭，爸爸又露出看到小棉球的瞠目結舌表情。他垂下頭，點了一下。

「你暑假的大獎品，你媽媽說感覺對你很重要。你就這樣送出去？」

拿里的頭垂到胸口，他攤開雙手道歉。「喬琳比我更需要。」

爸爸伸出手臂摟住拿里的肩膀，捏了一下。「你真有團隊精神，」他說：「我非常驕傲。」

媽媽站起身。「我想你應該把這麼受歡迎的影片播給我們看。」

拿里坐在爸媽之間，打開影片檔。播放影片的六分三秒之間，他看著他們的眼睛。整整六分三秒，他們的視線都沒離開螢幕。

播完後，媽媽靜靜坐了一分鐘。「我想賽勒斯說得對。」

拿里感到心膨脹起來。「妳覺得我是藝術家？」

「當然。」她說：「但我是說他說對了，我們有你很幸運。」

後來他們出去吃披薩，買了數千樣上學用品，其中真的包括黑色牛仔褲和黑色上衣，但沒有打耳洞。等到深夜，拿里躺在床上，仰望天花板的灰泥曲線。今天晚上，曲線看來像笑臉疊在笑臉上，再包在笑臉裡。

75

每天放學，喬琳搭三點四十五分的公車到拿里家，手裡的垃圾袋裝滿希臘市場的過期蔬果，再搭五點十分的公車回家。

有一天，她待得比平常晚一點。他們在屋內喝檸檬水時，拿里的媽媽從客廳進來。

她劈頭就說：「我注意到後院有一堆垃圾。」

拿里趕忙出面求情。「我們會挪去小屋後面，或蓋起來。」

媽媽朝他露出困惑的表情，然後對喬琳一笑。「我們會開始把廚餘留給妳做堆肥，我會放在後門旁的罐子裡。」

「你們的廚餘？妳要給我你們的廚餘？」喬琳問話的口氣像一般人問：「你

們的黃金？妳要給我你們的黃金？」接著她連說十幾次「謝謝妳，太太」，直到拿里走到門邊，意有所指的朝等在外頭的花園點頭。

然而媽媽還沒說完。「妳知道嗎？大家會送食材來食物銀行，有時候過期，我們就得丟掉。以後我會帶回家，加到堆肥裡。」

喬琳差點跪下來感謝她。

拿里試著說：「我們該回去外面了。」

可是媽媽舉起一根手指。她拉開桌面下的抽屜，拿出她替拿里買的新學年紅色手帳。每天早上，她都放在他的背包旁，每天早上，他都放回抽屜。

他呻吟一聲。「媽，她不想要——」

媽媽揮手叫他別說話。她在喬琳面前攤開手帳。「一打開就是日曆，我們可以標出種植日、收成日等等。另外有寫筆記的地方，然後妳看，最後面是試算表，我們可以記錄妳賣出一磅木瓜的獲利和成本。」

拿里試著對上喬琳的視線，無聲示意她丟掉手帳沒關係。然而喬琳恭敬的拿起手帳，彷彿是用蝴蝶翅膀裝訂。「我們？」她問道：「妳會幫我？我可以留下這本手帳？」

拿里這才發現：他想要弟妹的心願實現了。至少實現了一半。

這時拿里的爸爸從客廳探頭進來，驕傲的笑。「垃圾，手帳，再幫一點忙。」他列出他的奇蹟太太規畫的內容。「共三項，這是帽子戲法呢。」

喬琳猛然轉向他，手帳緊抱在胸前。「你看曲棍球？」她氣喘吁吁的問句充滿希望。

拿里的爸爸握住雙手，搓了幾下。「再三個禮拜就是開季賽了，我在沙發上替妳留個位置？」

76

即使拿里給她看過小屋裡那袋字母，喬琳還是沒有換掉廣告板上的字。他也告訴她可以丟掉野餐桌，空出空間種更多植物，但她也沒丟。他們會蹲在「桌子底下」，膝蓋相觸，說必須說的話。

「華特收到帳單了。」第一次的時候喬琳說：「顯然水不是免費的。」

「所以……我們要還錢給他嗎？」

喬琳笑了。現在她很常笑，拿里都習慣她的笑聲了。「他說我這輩子都要替他壓扁盒子，他說你也要幫忙。」

拿里又花了一星期，才鼓起勇氣問該問的問題。「他們清空園地了嗎？」他抱緊雙臂，做好準備。

「還沒。他們在前院施工了幾天，然後警察就來了，叫他們停工。」拿里飛快挺直身體，結果撞到頭。「警察？為什麼？」

「貶眼騎士。」

「貶眼騎士？那隻烏龜？」

「不對喔，是陸龜。原來貶眼騎士是哥法地鼠龜。」

「喔，所以呢？」

「艾希莉把你的影片給奧杜邦學會看。其中一位愛鳥太太一看到貶眼騎士，就跳下沙發大叫：『哇喔，哇喔，等一下，那是哥法地鼠龜！』這種陸龜有一項優點，牠們名列瀕臨絕種的物種。」

「這怎麼會是優點？」

「好吧，對貶眼騎士當然不好。不過他們因此得暫緩清空園地，先找野生動物專家來看過。開推土機的傢伙很不高興。」

「哇。所以……或許園地可以成為庇護所，或許社區中心還是能分到一部分。」他會把影片改名為《陸龜救援》，他們可以——

「不會喔，我們還在現實世界，你忘了嗎？他們花了一陣子才找到人，我猜這些野生動物專家都很忙吧。總之，下週他們要『搬遷』眨眼騎士。接著他們得找到牠的洞穴，進行維護，因為數百種其他生物也住在哥法地鼠龜的洞穴裡。總之要花一陣子，可是沒辦法拯救園地，到頭來還是要清空。不過至少這樣了。」

不過至少這樣了。賽舅舅說對了，你永遠不知道誰會看到你的影片，或看了會發生什麼事。

「我聽說有位太太認出眨眼騎士。」艾希莉接起電話後，拿里說：「他們看了我的影片還有說什麼嗎？」

「他們當然最喜歡鳥的部分，」艾希莉說：「他們很愛金山葵裡的長尾鸚鵡。」

「那我的攝影技巧呢？他們有沒有說什麼？」

「沒有耶，對不起。只有華生太太說了十幾次，『那個男生真的很喜歡那個女生的手』，大家都笑了。」

「好吧，算了。跟我說說認出眨眼騎士的太太，我要知道所有細節。」

「這個嘛，呃……她滿老的？我沒看過她那樣動，她直接跳下沙發，我們都有點擔心她。」

「我是說，告訴我她怎麼說我。」

「喔，她不敢相信你只有十一歲。」

「我十一歲半。不對，等一下，十一歲又九個月。」

「她一直說：『他只有十一歲？那個年輕人以後能走得很遠！』」

「十一歲又九個月。她有說走去哪裡嗎？我能走去哪裡？」隔著電話線，拿里想像艾希莉在回想一串異國地名：摩洛哥、香港、加爾各答。不知為何，嘟嘟的通話聲聽起來像她在回想一長串異國地名。摩洛哥、香港、加爾各答。因為他這樣的小孩長大會成為像舅舅的成人攝影師。

「沒有，」她說：「她只有說：『走得很遠。』她一直說：『那個年輕人以後能走得很遠，而且他才十一歲。』」

拿里嘆了一口氣。「又九個月。」

他告訴艾希莉他的電話號碼。「如果妳想起奧杜邦學會的太太還說了什麼，隨時都可以打給我。」

「呃……我想我全部都記得了？」

「以防萬一。」他說：「隨時都可以。」

77

兩個月後，有個週日下午，他們全家群聚慶祝大人物生日，這時艾希莉真的打電話來了。「鶴鳥要飛來了。」她非常興奮，甚至沒把句子變成問句。「我們去園地看吧。」

呃……好?!

他跑進客廳，告訴大家，「晚上七點到園地來，我準備了驚喜。」

舅舅說：「我會帶我的攝影機。」

大人物眨眨眼。「偷偷摸摸的小傢伙會在嗎?」

不可思議，他自己的外婆耶。

他叫道：「我現在去找她。」他騎腳踏車離開，停在洞穴酒吧門口時，氣喘吁吁。他真想來一杯老樣子的飲料，或許兩杯，但他直接走上樓梯到喬琳的公寓，用力敲門。

他在樓梯平台上調整呼吸，俯瞰園地。現在護城河只有半滿，顏色綠得可疑，但依然滿足的閃閃發光。

那個星期五，喬琳告訴他野生動物專家保護好眨眼騎士的洞穴了。星期一推土機會回來完成工程。

星期一，明天。明天他們會推倒牆，放掉水，把整塊地夷得什麼都不剩。想到這兒，他的胸口一陣痛。他很慶幸聽到有人拖著腳走向門口。

開門的女子有一頭他見過最黃的頭髮，亂翹的髮絲看來像皇冠，中間是黑的。

一堆問題都有了答案，但沒一個好。他想起華特一臉擔憂，掃視酒吧雅座，還差使喬琳離開。喬琳說過她阿姨的事。他想起他拿向日葵的綽號開玩笑，說她可能喝醉時，喬琳僵住了臉。

拿里感到臉紅了。當時他聽起來一定很刻薄吧，這麼恣意攻擊人。

喬琳滑進客廳，快步擠過拿里，跑上樓梯平台，跑進永遠口渴的火鶴閃爍的霓虹光中。

拿里悄聲說：「對不起。」

「我懂。」她嘆了一口氣，「我也很抱歉。」

78

拿里一邊拍攝，一邊唸旁白，「他們走過吊橋，看似聖人。」

他沒有在幻想：所有賓客確實看來都像聖人。首先，即使外表普通，攝影機鏡頭也能展現出大家多麼特別。此外，上方的路燈在他們頭上照出光環。拿里從爸爸的卡車搜括出一盒螢光棒，把吊橋像跑道點亮，從下方也神祕的照亮每個人。

艾希莉最先抵達，帶著她爸爸和八名奧杜邦學會的女士。拿里拍攝艾希莉溫柔的協助最老的太太在長椅上坐好，彷彿女子是她要放進鳥巢的脆弱小鳥。他放下攝影機，過去自我介紹。「我快十二歲了，」他告訴跳下沙發的老太太，「實際算十二歲了。」

接著是他的家人。爸媽扶著大人物的手肘，雖然她一直揮開他們的手。賽舅舅跟在後面，伸出雙臂，如果她跌倒能接住她。除了路燈的光環和螢光棒，他們似乎也由內發光。

拿里的媽媽擠過長椅前方，停在奧杜邦學會的女士面前。她對每個人說：「妳看了影片嗎？我兒子拍的。我兒子，拿里。我是他媽媽。」

拿里聽見她說第一次時，差點跌進護城河。聽到第二次後，他把攝影機對準她，如果她再說，他就能保存難得的一刻。不過她說第三次時，他放下攝影機。原來媽媽的臉因為驕傲而發亮時，他不想要任何東西擋在他們之間。

等她在大人物旁邊坐下，他才拿起攝影機，把鏡頭轉向喬琳。她去跟她的花園道別，結果找到一顆成熟的水果，她摘下來，像嬰兒裹在運動衫裡。當她抱著水果走過吊橋，他看出她也好特別，沒有任何人像她。

她經過時，他叫住她。「妳想叫妳阿姨來嗎？」

喬琳搖搖頭，指向後方車道。「我的人來了。」她把木瓜寶寶放在洗禮池邊緣，跑下去接過史塔沃太太手中的一壺果汁，扶她走上吊橋。

拿里找來一疊聖餐杯，發給大家。他點亮長椅燭台上的蠟燭，接著拍攝史塔沃太太把果汁壺傳下去，大家一面倒滿小杯子，一面自我介紹。他的彩繪玻璃窗將燭光反射成珠寶般的細碎閃光。

拿里把攝影機掛在脖子上，跑到長椅另一端，坐在喬琳旁邊。「為什麼妳從來不讓我跟妳去希臘市場？」

喬琳的視線飄向側面籬笆。「等她回去希臘，她會把市場留給我。」

「喔，太好了。可是為什麼我不能跟妳去？」

喬琳越過人群，看史塔沃太太替賽舅舅再倒一杯果汁。她垂下頭。「因為她是我的聖人，我怕會失去她。」

「如果我去市場，妳就會失去她？」

「我是她在世上最喜歡的人，沒有其他人最喜歡我。我怕她見到你，可能會更喜歡你。」

拿里坐了一會兒，思索該怎麼告訴她，他絕不會讓這種事發生。他還沒想到合適的文字，艾希莉的手機就振動了。

她低頭看螢幕，舉起一隻手。「他們剛飛過特斯卡維拉湖，」她宣布，「再十分鐘就到了。」

這時華特急急忙忙跑過園地，手裡抓著手電筒和一罐洋芋片花生。拿里打開攝影機。透過鏡頭，他看來也像聖人，不過華特時時刻刻看來都像聖人。

華特親了喬琳的頭一下，拍拍拿里的肩膀。他說：「老兄，現在你有你的故事了。」

艾希莉又舉起手。「兩分鐘。」

大家靜了下來。

拿里在大腿上交疊雙手，往上看。升起的月亮躲在雲後，快要滿月了，天空一片深沉的紫色。他記得夏初也有過這樣的黃昏，他躺在泳池底，仰望一隻鳥橫越天空，希望能跟別人分享眼前的光景。

大家先聽到鶴鳥的聲音，大聲吹送牠們的史前叫聲。

拿里舉起攝影機，對著北方的天空。牠們出現了：一百隻、兩百隻、一千隻以上，一波接著一波，像活生生的象形文字印在天上。牠們拍動翅膀，讓空氣砰然作響。三棵金山葵朝天空顫動，舉起窄長的葉子讚嘆。

拿里起身，偷偷溜下長椅，跑到教堂地基後方，沿路繼續拍攝。他將鏡頭往下掃過護城河，這時月亮探出頭來，水面閃爍銀光，倒映飛行的鳥兒。

還有他自己。

拿里覺得他彷彿爬上世界最高的瞭望塔，因為他突然看到全貌了。

他看出華特說得對：現在他有自己的故事了。然而這不只是他的故事，也是鶴鳥的故事，園地的故事，喬琳的故事，艾希莉的故事，還有今晚聚集在這兒每個人的故事，因為他們共享一個故事。

喬琳突然出現在他旁邊。拿里沒有多想就伸出空的手，握住她的手。他屏住氣。

喬琳的手指與他交握，捏了一下。然後她一字不差說出他想的話，「現在，這塊地很神聖了。」

拿里回捏她的手，將攝影機對準最後幾隻鶴鳥。他知道鳥兒的感受，牠們跟隨數百萬年的習慣，拍著翅膀返家，回到總能讓牠們輕柔降落的地方。拿里完全知道牠們的感受，因為當下這一刻，他也有翅膀。

他問：「你們看到了嗎？」不是在他腦中，不是輕聲細語，而是用大家都聽得見的聲音說：「哇。」

故事館
搶救野鳥的夏天

作　　者　莎拉．潘尼帕克（Sara Pennypacker）
譯　　者　蘇雅薇
封面插畫　KIDISLAND．兒童島
封面設計　達　姆
校　　對　呂佳真
責任編輯　巫維珍

國際版權　吳玲緯
行　　銷　闕志勳　吳宇軒
業　　務　李再星　陳美燕
編輯總監　劉麗真
總 經 理　陳逸瑛
發 行 人　凃玉雲
出　　版　小麥田出版
地址：10483臺北市中山區民生東路二段141號5樓
電話：(02)2500-7696　傳真：(02)2500-1967
發　　行　英屬蓋曼群島商家庭傳媒股份有限公司城邦分公司
地址：10483臺北市中山區民生東路二段141號11樓
網址：http://www.cite.com.tw
客服專線：(02)2500-7718｜2500-7719
24小時傳真專線：(02)2500-1990｜2500-1991
服務時間：週一至週五09:30-12:00｜13:30-17:00
劃撥帳號：19863813　戶名：書虫股份有限公司
讀者服務信箱：service@readingclub.com.tw
香港發行所　城邦（香港）出版集團有限公司
地址：香港灣仔駱克道193號東超商業中心1樓
電話：+852-2508-6231　傳真：+852-2578-9337
馬新發行所　城邦（馬新）出版集團【Cite(M) Sdn. Bhd】
地址：41, Jalan Radin Anum, Bandar Baru Sri Petaling,
57000 Kuala Lumpur, Malaysia.
電話：+6(03) 9056 3833　傳真：+6(03) 9057 6622
讀者服務信箱：services@cite.my
麥田部落格　http://ryefield.pixnet.net
印　　刷　漾格科技股份有限公司
初　　版　2023年7月
售　　價　399元

ISBN 978-626-7281-12-3
EISBN 978-626-7281-13-0 (epub)
Printed in Taiwan.

國家圖書館出版品預行編目資料

搶救野鳥的夏天／莎拉．潘尼帕克（Sara Pennypacker）作；蘇雅薇譯. -- 初版. -- 臺北市：小麥田出版：英屬蓋曼群島商家庭傳媒股份有限公司城邦分公司發行, 2023.07
面；　公分. --（故事館）
譯自：Here in the real world
ISBN 978-626-7281-12-3（平裝）

874.59　　112005007